dtv

»Mit den titelgebenden Hotels, die Schrott als die ›eigentlichen Tempel unseres Jahrhunderts‹ faszinieren, ist unsere Zeit mit ihren Formen des Reisens und Wohnens, der Erfahrung und Entfremdung präsent; zugleich aber erkundet der Autor, der in tunesischen, italienischen oder griechischen Hotels seine Wahrnehmungsexerzitien zu Papier bringt, die uralten Mythen des Mittelmeerraumes. Die Reise durch die Hotels verschiedener Länder führt somit durch unsere Gegenwart und zurück in die Antike, zu den Wurzeln der europäischen Dichtkunst.« (Karl Markus Gauss, ›Neue Zürcher Zeitung‹)

Raoul Schrott, Jahrgang 1964, studierte Literatur- und Sprachwissenschaft in Innsbruck, Norwich, Paris und Berlin, arbeitete 1986/87 als letzter Sekretär für Philippe Soupault in Paris und als Universitätslektor in Neapel. Er lebt heute in Irland. Für sein lyrisches und erzählerisches Werk wurde er u. a. ausgezeichnet mit dem Klagenfurter Literaturpreis des Landes Kärnten (1994) für ›Finis Terrae‹ (1995), dem Leonce-und-Lena-Preis (1995) für ›Hotels‹ und dem Rauriser Literaturpreis (1996). 1997 erhielt er das Robert-Musil-Stipendium, und er veröffentlichte die Lyrikanthologie ›Die Erfindung der Poesie. Gedichte aus den ersten viertausend Jahren‹, die große Beachtung fand.

»Vielleicht bin ich nicht sehr menschlich.
Mein Anliegen bestand darin,
Sonnenlicht auf einer Hauswand zu malen.«
Edward Hopper, ›Rooms by the Sea‹

HOTELS SIND MONUMENTE von epochen, die an den ornamenten ihrer architektur erkennbar werden und sich an den bröckelnden fassaden verraten. Sie sind die fluchtpunkte jeden zeitalters und ihre zufälligen mittelpunkte zugleich; spuren jedoch läßt allein das zurück, was man pauschal als die geschichte bezeichnet. Man geht die fluchten der gänge ab und ist da, ohne wirklich hier oder jemals angelangt zu sein, das paradoxon der passage, eines lebens, das nach spuren sucht und seine eigenen an den dingen hinterlassen will, während das zimmermädchen am nächsten tag jeden fingerabdruck entfernt hat und die laken flach gestreift. Die zimmer eines hotels aber bleiben trotz der genrebilder im gang leer. Man hört die geräusche durch die wände, das atmen und einzelne worte, doch auch das wirft einen schließlich nur auf sich selbst zurück; zwischen tisch, bett und stuhl reduziert sich das leben auf die anzahl der schritte dazwischen, in diesen ewig weißen mauern unter der zerschlissenen tapete, welche die kahle nüchternheit einer cella und ihrer peristasis nicht zu verleugnen vermögen. In diesem sinn sind hotels die eigentlichen tempel unseres jahrhunderts.

ES IST NICHT nur die etymologie, die auf Hestia und Hermes verweist. Mit diesem götterpaar erschließt sich auch der begriff der reise, jener *grand tour*, die immer nur auf der suche nach dem bürgerlichen arkadien voriger jahrhunderte war. Man mochte sie als eine *peregrinatio academica* verstehen, aber diese bildungsreise führte immer zurück zum griechenland Winckelmanns, dessen stelen und säulen man allein für wahr hielt, weil die zeit ihre farbe zu einem blendenden weiß ausgebleicht hatte. Man zeichnete sie ab und hielt seine eindrücke mit den summarischen tabellen der observation und den synapsen der aufzeichnungen fest. Man reiste, es war einmal, chronometer und achromatische teleskope im gepäck, diverse sextanten, quadranten, graphometer und magnetometer, und eignete sich diese künstlichen horizonte an, standortbestimmungen einer anderen einsamkeit.

Sextanten und chronometer: die komplikation des gedichtes. In seiner poetik greifen die worte ineinander wie in einem uhrwerk, mit den zahnkränzen seiner assonanzen und konsonanzen; sein quarz, das sind seine unablässig oszillierenden bilder, sein anker und seine triebfeder, die schmale spirale der sätze. Daß sein mechanismus wie unter einem zifferblatt unsichtbar bleibt, darin mag seine perfektion liegen; was an ihm dann aber ablesbar wird, im kreuz der breitenkreise und meridiane, ist nur ein ort und die koordinaten seiner zeit. Und mit ihnen auch eine andere geschichte der poesie und der kunst: die entstehung der astronomie in den sternbildern und zeichen des zodiakos – den häusern der sonne –, der präzession der sterne und der präzision der beobachtung.

AUCH DESHALB SIND diese gedichte die geschichte einer aneignung. In ihrer chronologie folgen sie jener *tour d'horizon* und gehen ihre stationen noch einmal ab, mit den abszissen des mythos und der gegenwart, die sich im gedicht treffen. Am schnittpunkt der geschichte und der eigenen biographie konjugieren sie beides gleichzeitig und deklinieren dabei einen standpunkt, nicht mehr. Darin sind sie als zyklus angelegt: ein kreis, der sich nicht schließt. SEILLANS, JANUAR 1995

ERSTER TEIL

hotels

parkhotel holzner,
oberbozen, 31. 5. 93

In shoeless corridors, the lights burn.
How isolated, like a fort, it is – the
headed paper, made for writing home
(if home existed) letters of exile: *Now
night comes on. Waves fold behind
villages.*

*Philip Larkin, Friday Night in the
Royal Station Hotel*

I

zimmer mit südblick und balkon · diese in einem reich
nie untergehende sonne hat das harz aus dem schwarz
des holzes gebrannt – der rissige firnis
auf der verworfenen leinwand eines ganzen jahrhunderts
dessen farbe genauso abblättert
wie das karmesinrot der seilbahngondel oder der ocker
der tram welche die luftkurorte auf dem plateau verbindet
handkoloriert fast wie die daguerrotypien
der vorkriegsjahre im vestibül des stiegenhauses: rom
jerusalem, das gruppenbild vor den pyramiden: cook's
grand tour bei der man sich aus der sonne hielt
posh – p.ortside o.ut and s.tarboard h.ome
und das geräusch fremder namen zurück nach hause brachte
schwer mit dem eigenen akzent
eingehandelte trophäen an den wänden der patrizierhäuser
an denen man die aspiranten der 80er jahre erkennt
wie die namen der gipfel auf einer panoramatafel
in der sommerfrische der gründer · so überdauert die zeit
in den hohen zimmern und dem email des waschkruges
als dekoration · die verzinkten wasserhähne
sind kein eingeständnis sondern der verrat an einer zeit
die mit ihren eigenen dingen dauern will · das ist
was einer epoche erst ihre aura verleiht
wenn das monumentale sich im ornament
überlebt wie die englischen touristen
von denen das hotel noch heute zehrt · in der halle
pendelt sich die standuhr träge in ihr eigenes moment
dumpf wie die tennisbälle auf dem *court*
oder die stimmen in der badekabine nebenan
die mahlzeiten hier dauern lange und die zeit hält
man wie das besteck und für jeden gang wählt
man es neu · *bei vorzeitiger abreise jedoch*
werden dem reglement gemäß drei tage

voll berechnet · abends auf dem balkon
wo der kellner das tablett voll gläser serviert
ist die orientierung wie immer eine andere · die tanne
die bis weit übers dach reicht schüttelt sich lautlos im föhn
und die geräusche kommen von woanders her
um die spanne wind versetzt klirrt
jeder schritt auf dem kiesweg · das geländer
mit den grün geschmiedeten zungenspitzen der lanzen
ist wie weit der blick sich erstrecken mag
der sich mit bleistift aufs papier zurückschneidet
der abbruch der hochfläche wie ein kreissegment
darüber das dreieck der lichter · das ist was übersehbar bleibt
vom tag · das stundenbesteck für den mond
der wie ein indiensegler gegen die nacht aufbrasst die ducht
der wolken in der dünung des windes und die takelage
der strommasten im tal wie die illusion der stereotypie
im unmerklich stetigen manöver der nacht

hotel gran caruso,
ravello, 3. 9. 93

Unten am parkplatz standen die autos mit den nummern aus Mailand, Verona oder Bayreuth, die Garbo hatte in diesem hotel übernachtet, in einem dieser riesig großen bett, in denen man im schlaf die orientierung verlor. Die lobby dieses hotels war vollgeräumt mit griechischen statuen und einem Parzival, der dazwischen an der wand hing, ein raum, der statt den spiegelbildern die ikonen eines bürgertums wiedergab.

II

der vorhang bläht sich weiß vor der offenen terrassentür
und legt sich weiter unten um die falten des vorgebirges
eine küste wie hinter glas gesetzt an deren ausufernder willkür
die wolken hängen wie der abdruck einer gegen das fenster
gepreßten hand · welch wagnerianische kulisse!
vom orchestergraben des meeres führen die stufen von ginster
und wein zum proszenium des palazzo rufolo wo der chor
der palmen die dithyramben des windes reglos kommentiert
und jeden tag dasselbe stück · der garten des klingsor
dieses überschaubare labyrinth von nischen und narzissen
die beete des roten coleus um den brunnen wie ein geschwür
darin süßlich und fleischig · die ruine der villa verbirgt es
nicht sie stellt zur schau was die zeit auf das maß
der geschichte verkürzt das ihr in den augen der kurgäste
zukommt – die pittoreske architektur des ruins von moos
überwucherte mauern im schatten der paläste
von bischöfen und päpsten – als ob die scharten der geschichte
zum inventar dieses parks gehörten wie die beschrifteten
tafeln vor den fresken und hecken · man restauriert die ränge
dieses theaters mit dem einheitspreis eines zahlenden publikums
für das die anlage um 7 uhr schließt · es bewundert die gesänge
und steht vor den verglasten arkaden eines atriums
in das es auch jetzt nicht vorgelassen wird · aber wenn der ober
abends das essen serviert und wie eine lanze der schaft
der sonne noch für einen augenblick über den köpfen schwebt
gibt man großzügig trinkgeld auch für das eigene heldentum
die landschaft rechtfertigt ja zumindest von hier oben
die rechnung und sogar der köter der irgendwo ins szenario kläfft
gehört dazu · so hat man weit in die nacht hinein sich sattgelebt

angedair
landeck, 1. 7. 93

Das gedicht ist ein raum. An seiner stelle schneidet sich die achse des augenblicks mit der einer geschichte. Wenn man so will, ist es deshalb nie greifbar, weil es diesen ort konstruiert, wo sich die parallelen treffen. Mangels anderem in den worten zuhause.

III

wie eingebrannt auf dem karbonpapier des blickes
die straße vom fenster aus die stecknadelköpfe der laternen
die blaue stichflamme aus dem schornstein der karbidfabrik
das grölen der soldaten wenn sie hinaus zur kaserne
torkeln als hätte ich diese stadt auswendig gelernt
wie man ein gesicht zur kenntnis nimmt mit einem kopfnicken
ohne daß es mehr zu sagen hat · ein einfacher durchschlag
des spiegelbildes auf der fensterscheibe vor der evidenz
von häusern und gebäuden · eine blaupause
auf die man rechts unten am rande den nachtrag
einer rückkehr kritzelt · man hat die wände mit den schritten
ausgemessen und den geruch des asphalts im sommer
der eine zweig der quitte der über die zaunlatten hängt
und wo die farbe von der mauer blättert ist was zuhause
ist · die tautologie der ordinaten einer existenz
ihr grundriß gleich ob in zoll oder zentimetern genommen
beschreibt diese abszisse nicht · in die nacht geschnitten
sind die äste des kastanienbaums dort wo sie sich drängen
eine landkarte nur für den maßstab der augen und den spann
der hand aber maßlos und leer in ihrer konsonanz

hotel vesuvio,
neapel, 21. 6. 93

Der ort des gedichtes. Als wäre er zu lokalisieren an einer stelle, einer stätte, wie das Troia Schliemanns, in den einzelnen schichten einer grabung. Zuunterst aber zieht sich das stratum des griechischen durch die sprachen wie ein band von verkohltem mauerwerk. Die kontur der worte, ihre ränder. Für die auguren war die öffnung, die sie gleich ob in den himmel oder die haut schnitten, das templum, außerhalb dessen die welt ein tescum war.

Doch es brannte noch nicht das feuer des toten Patroklos, da bedachte sich der göttliche schnelle Achilles anders, stellte sich fern vom scheiterhaufen auf und rief beschwörend die winde, beide, den nord und den west ...

Ilias, XXIII, 193

IV

die schwaden von angebranntem öl vom abzug
der hotelküche unten beißen in den schwielen
des abends und seine schwelende schlacke sintert
vom glasdach des aufzugs den orthodoxen kreuzen
der fernsehantennen · hinter
den angelehnten jalousien stochert der mann gegenüber
das essen aus den zähnen und das schmierige phosphoreszieren
des fernsehschirms legt sich blau über die nacht
in der sich die lippenbewegungen nur schlecht synchronisieren
auf die sirene einer alarmanlage die keiner mehr hören will
ein orakel der lethargie das schrill
mit der batterie leer läuft · es ist das einzige erleuchtete
fenster in diesem hinterhof ein emblem des sommers
wie der weiße teller auf dem tisch und das salz
die gegen die rippen gespreizte hand
ist das einzige was sich kalt anfühlt und der feuchte
wind vom meer bringt wenn dann nur die asche
patroklos' auf dem scheiterhaufen er entfacht den brand
in der esse des sommers seine hitze wie ein stoß in den rücken
um 2 uhr morgens · achilles drüben greift nach der bierflasche
und kratzt sich an der ferse: das sirren der mücken

gasthof zum hirschen,
kortsch, 24. 6. 93

Das griechische theos geht auf das indo-europäische *dheu zurück, das den rauch bezeichnet, den gott, der atem war und wind. Über diesen wortstamm ist es in den germanischen sprachen mit thymian ebenso wie mit tier verwandt. Das deutsche wort geht seinerseits auf die wurzel *ghutom zurück, auf jenen, dem man das opfer darbringt. Eigennamen gibt es nur für die götter, nicht für ihre einzahl.

V

die zimmer des gasthauses haben ihren ausblick
auf den friedhof und die blumen auf dem fensterbrett
und den gräbern sind dieselben wie für den sonntagsstaat
der geranien auf den ansichtskarten vor der tabaktrafik
dahinter der waldrand und die kirche · wenn der tod kommt
trägt man ihn einmal durchs dorf und das schwingen
des balkens wenn man das werk aufzieht und die glocke
leer über die geduckten köpfe hallt ist wie das schwirren
eines totenkopfschwärmers wenn er von der nachttischlampe
angezogen gegen den vorhang schlägt · und auch der pfarrer fällt
in diesen ornativ einer sprache die sonst keiner hier spricht
aber der kehllaut des dialekts hält sich an diese zuversicht
und die schützenkompagnie schießt dazu salut
das bleibt von einem leben das man in drei zeilen zwingt
der rest ist propaganda für den Gott der auf die seinen baut
und die dankesliste für den blumenkranz und den kirchturm
länger als die predigt · man betet es nach in der bitteren wut
des glaubens und seiner arroganz · der Herr ist gerecht
man sich selbst auch und beim leichenzug mit seinen kantaten
an den gutshöfen vorbei sieht man daß es auch frommt
ihr gott ist germanisch und *jener dem man das opfer darbringt
theos* aber der rauch sein beizender geruch und der atem
das thier das man schnauben hört im unterholz des geheges
der dumpfe schlag des geweihs gegen bäume fern ab des weges

hotel irakleion,
loutra edipsou, 23. 8. 93

Die etymologie der wörter hotel, hôtel *oder* host *geht auf die göttin Hestia zurück. Zeus hat ihr die mitte des hauses, den herd zugewiesen, jene kreisförmige feuerstelle im rechteckigen offenen megaron - dem mykenischen innenhof - zu der man den gast wie zu einem altar, einem omphalos, führte, als zeichen, daß er willkommen war.*
Hestia ist aber dabei eine der wenigen figuren, die sich nicht der mythenbildung lieh. Die einzig erhaltene darstellung ist eine römische kopie, die sie mit ausgestrecktem arm und mandelförmigen augen in einem ausdruckslosen gesicht zeigt.

VI

der blick lief wie ein gecko über die hotelfassade
und duckte sich unter der brüstung eines balkons
der hochgezogen wie der bogen einer aufgemalten braue
auf der stirnseite saß deren krähenfüße die pomade
des roten anstrichs nur schlecht verbarg · auf der terrasse
stand ein greis im zu groß gewordenen anzug und schaute
mit starblinden augen an uns vorbei als läge die diskretion
und die anmaßung einer ganzen bürgerlichen klasse
in den römischen kopien der statuen an der auffahrt
und dem niedergang den er hinter uns sah · nichts
würde sich hier mehr ändern und das war eine gewißheit
die ihm seine stolze haltung verlieh · zu bejahrt
waren die zimmer mit ihren bakelitsteckern
dem englischen porzellanbecken den langen schmalen betten
den ritzen in der flügeltür und der duschgelegenheit
am gang · die dinge würden ihr gesicht
wahren blickte man über es hinweg und jeder raum
doch hoch genug bleiben für ein leben das sich ans ende
lebte · als du dich dann wuschst der seifenschaum
der an deinem schulterblatt hinabrann deine hände
die nicht weit genug reichten und sich jetzt am becken
stützten selbstvergessen das gesicht sich im spiegel übersah
war es was er gesehen hatte - den torso der hestia
und fingerlang der schatten eines zweiges im versteck
der achsel als du an ihm vorübergingst unter der balustrade

hotel spap,
olympia, 31. 8. 93

Am fuße der großen statue des Zeus in Olympia hatte Phidias die zwölf götter dargestellt. Zwischen der sonne und dem mond gruppierten sich die gottheiten in sechs paaren von mann und frau um das zentrum von Aphrodite und Eros. Die paare sind entweder mann und frau (wie Zeus-Hera), bruder und schwester (wie Apollon-Artemis), mutter und sohn (Aphrodite-Eros) oder beschützerin und beschützter (Athena-Herakles). Nur ein paar fällt aus diesem nebeneinander: Hermes und Hestia.

Hestia aber gab Zeus, als geschenk statt ihrer hochzeit, die mitte des hauses ...

Homerische Hymne an Aphrodite, 30

VII

...wenn es noch kühl war und ging hinunter in den großen
menschenleeren salon und tippte bis man zum essen
deckte · die stubenmädchen und kellnerinnen
in blauen kleidern weißen rüschen und schürzen grüßten
scheu und blieben bei der tür stehen und starrten
mich an wie ich schrieb · daran kann ich mich erinnern
auch wie leicht dein schlaf war habe ich nicht vergessen
wenn ich aufstand und die holzdielen knarrten
das glas der meisten fenster hatte der wind zerschlagen
die marmorbäder und becken der suiten im zweiten stock
waren voll mit heu aber die taubenfächer an der rezeption
warteten noch immer auf ihre schlüssel und im stuck
der von der decke fiel lagen das register und die zimmerliste
von 1987 · hinter der bar führte die splitternde goldleiste
eines spiegels den korridor zurück auf seine reflektion
und brach das bild dort ab wo alle türen immer auf den garten
gehen · jetzt und noch einmal mit dir zu schlafen
im selben und jetzt ausgeräumten zimmer hätte die fiktion
einer rückkehr wenn im widerspruch aufrechterhalten
künstlich und sich ihrer so sicher wie die statue des praxiteles
auf den kofferaufklebern dieses ehemaligen hotels: hermes
der mit weiß abgeschlagenem arm und zerbrochener hand
immer noch nur weiter hält – die farbreste auf haaren
und sandalen wie lippenstiftspuren auf einem hemd

ZWEITER TEIL

hermes & hestia

hotel dar saïd,
sidi bou saïd, 26. 12. 92

Die kreisrunde feuerstelle, zu der man den gast führte, war das zentrum des hauses. Die säule des rauches, die aus diesem kohlenbecken in der erde zum himmel aufstieg, als würde sie ihn stützen, symbolisierte die verbindung von unterwelt, erde und der welt der götter. Noch für Hesiod war die erde eine flache scholle unter diesem himmel aus eisen, und ihre wurzeln wuchsen aus einer riesigen vase, aus der die winde kamen.

VIII

von den gedichten aus · mit kargem tisch und dem haus
auf grünem feld sich begnügen - mit dem ellbogen
stütze ich das dach und die nacht darüber
begleicht eine unterschrift · auf dem hof innen
oust al dâr wie der portier sagt
als er den radiator bringt brennt das karbid des lichts
noch in den regen und bläht den vorhang
unter der notdürftig zugemauerten luke
für das was einmal wohl ein speicher war · nur im
spiegeltisch schneidet der dumpfe widerschein
der winkel sich zum aufriß eines hauses
aus einem hundert schritt entfernung · und
innen wieder in dem von vier säulen
offen gehaltenen hof splittern die emailierten
fliesen vom stamm der weide
dem lid auf dem krug der winde · die erde wurzelt
darin für den fremden den gast
den man zuerst zur feuerstelle führt · hestia
in der kalligraphie des gitters vor dem fenster
ihr leer gezeichnetes gesicht der nabel · der regen
leckt glut und rauch aus dem kohlenbecken
und berührt so die naht von himmel und erde · in
der nacktheit sind sich gast und gastherr gleich
ein geschenk der trunkenheit *von den gedichten aus*

hotel dar saïd,
sidi bou saïd, 27. 12. 92

Wenn Hestia der nabel ist, ist Hermes der phallos, wenn sie den kreis symbolisiert, dann er das rechteck, sie das stille stehen, er das gehen und die flucht, sie der ort, er der raum, sie das innen, er das außen, sie das in sich verschlossene, er das offene. Hermes ist der gott der diebe, der bote, der herr der wege, er bringt die jahreszeiten, dem wachen den schlaf und dem schlaf das erwachen, er ist das bindeglied zwischen den menschen und den göttern, coeli terraeque meator, *wie es die inskription unter seiner statue in der villa Albani besagt.*

IX

achtlos das auge das echo des ohres und die zunge
einzig noch übrig bleibt eine geschichte ein weg
daß es ist · und auf diesem die pfeiler und steine
und wer des weges kommt gibt einen zu den
anderen · hermen · die säulen in carthago
mit den eingesprengten lagern des minerals waren
aus den steinbrüchen von chemtou · wieviele
meilen für einen tag · wie anders aber hieb man sie
rund als mit der höhlung der hand und ungefähr · in
utica war der himmel aus sandstein die erde
verworfen und rot wie rost unter dem mosaik
des fischbeckens · im maison de la cascade
stand der rosmarin staubig im geviert des brunnens
wo ein quadrant mit seinem ausgeschlagenen hohl
die tage aber nicht die zeit angab · *regardez!*
la monaie romaine vraiement antique pas
chère! · im maison du labyrinth war eine stele
mit dem kopf des gottes dem phallos
auf halber höhe die sandale und der flügel
am südende der palästra das spiel mit den 36
buchstaben eingegraben · auch nicht für fünf
dinar wußte er die regeln aber er war ein genius
in anderen dingen und wir zahlten für den ort
weil die stille sich an ihn band an das gras
am fuß der statue · in das schweigen plötzlich
des gespräches sagte er *hermès passe* und warf
den stein auf eine krähe · nächst dann mit der nacht
um den kreis war das quadrat und gleich weit
von der mitte das bett im schatten der mauern
doppelköpfig darauf wir unter den zwölf
und der weg der wieder zu sich selbst kehrt

hotels les sirènes,
djerba, 1. 1. 93

In der sprache Homers wird Hestia, die feuerstelle, mit ιστιη gleichgesetzt, ein wort, das eine der holzsäulen des innenhofs rund um das kohlenbecken ebenso bezeichnet, wie es ein anderer ausdruck für den mast eines schiffes ist - oder bei Platon die achse des kosmos.

Die welt mit Hermes gedacht dagegen, ist die Odyssee ebenso wie die fahrt der Argonauten; und sie ist die geschichte ihrer steuermänner in diesem labyrinth.

Und Ankaios sagte, dies hier ist ein verlorener ort, selbst wenn uns der wind vom land her weht. Ich habe überall umschau gehalten, und soweit ich sehen kann sind untiefen überall und große brecher, die über den weißen sand rollen. Unser schiff hier wäre zu stücken zerschlagen worden, bevor es noch land erreichen könnte, wenn nicht die flut es vom tiefen meer herein getrieben hätte ...

*Apollonius von Rhodos, Die Fahrt
der Argo, IV, 1259*

X

gegen fünf uhr nachmittags wirft die sonne die träume
der kolonialisten an die wand · das malvenfarbene
ornament des verhedderten stores und der körper
in weiten kleidern die diskrete rose am revers
die worte zurechtgekämmt unter der brillantine
der schläfen und das mit zwei fingern gefaßte glas · die
see vor der terrasse ist geduldig
sie zerreißt ein blatt papier
nach dem anderen und ist bis weit
nicht tief und grün wie der verrottende tang · *des flacons
de pétrole sont mis à votre disposition à la sortie
de la plage · veuillez en profiter pour nettoyer
le goudron des vos pieds* · im lee der sägezähne
der palmen knüpft der wind
den immer gleichen knoten
und hinter der silhouette der strandkörbe
und sonnenschirme liegt eine barkasse
auf dem kiel · ihr mast
der sich nach backbord neigt
habe ich mir ausgerechnet ist die achse der erde
fünfmal die karrenwand zum pol
der knapp über dem neonschild des nächsten hotels
zu liegen kommt · in den fünfzehn graden der ekliptik
prallt der mond in der zeitlupe der nächte ab
eine geometrische projektion des labyrinths
und darunter ist das meer nur geräusch · ein langes
ausrollen auf dem sandigen grund eine stille
ein widerstand
eines nur im anderen · und ulysses
an den mastschuh gebunden schlugen sie
das graue salz mit ihren rudern
vor dem hotel seines namens die flaggen europas gehißt
auf dieser insel der lotophagen ist ankaios

sein steuermann der die schranken der einfahrt
mit livree und weißer schildkappe bedient · der weg
hinab und der weg zurück waren ein und derselbe
dazwischen nur erst dein schweigen dann
meines der vogelleib und der frauenkopf die zusammen
für einen augenblick einen körper ergaben
als du mir um den hals fielst mit einem wink der
brauen · im saal deckten die kellner schon zum frühstück
und das klirren der tassen war eine andere einsamkeit

hotel continental,
kairouan, 28. 12. 92

Es regnete ganze tage hindurch und hinunter fast bis zur libyschen grenze, in den bergen schneite es, während der wind den himmel glatt schliff. Das hotel hatte bessere zeiten gesehen, den luxus der 60er, aber es war gerade das, was die jahre ablesbar machte, in den spuren, die sie in den hotels hinterlassen hatten, als durchhäuser der epochen mit ihren bettgängern. Doch da ist ein anderes bild, das blieb; der leinenträger deines nachthemdes in diesem eigentümlichen winkel quer über das schulterblatt.

XI

wir aßen sardinen orangen brot mit fingern und messer
im auto während die sperlinge sich die insekten
vom warmen asphalt holten · das licht auf der schneide
der olivenblätter war kalt und die blätter schnitten frische
wunden in die gefleckte haut der hügel in die der wind
sein salz strich · die reise war bereits
die erinnerung daran und keines der dörfer mehr
oder die furt durch das überschwemmte oued
die fahrt war das exakte schalten von einem gang
in den anderen dein auf die schulter gefallener
kopf · jetzt im bad errate ich an den geräuschen
welche stelle des körpers du gerade berührst · das klopfen
der heizung morst den immer gleichen buchstaben
von der tür zum zimmer das im sommer unerträglich
sein muß der braune samt der tapeten das kunstleder
eine ahnung des purgatoriums · aber was weiß ich
vom islam dem zustand des heils der hedschra
und dem hadsch · die kerbe für die fußwaschungen
und der brunnenrand im hof der moschee
sind von den seilen zahlloser eimer wasser gezackt wie
eine briefmarke · die touristen aber mit ihren turnschuhen
schreiben ihre postkarten mit dem gesicht
in der hocke vor einem glas bier · und unten am schwimmbad
mit seinen olympischen maßen
bleiben die stühle und tische aufgestellt
wie für publikum und werfen im flutlicht ihre schatten
mit ausgestreckten armen auf den regen

hotel continental,
tozeur, 29. 12. 92

Das alte hotel Jugghurta in Gafsa war geschlossen, im umbau begriffen, ein großer torbogen war nur halb fertig gemauert, wahrscheinlich würde es dann Scheherazade heißen, eine riesige eingangshalle mit wasserspielen und den etiketten der reiseagenturen an der tür. In Tozeur schrieb ich dann irgendwo in der halle unten, sätze aus denen nichts wurde, weil sich der kellner dazusetzte.

XII

vom balkon aus im letzten streifen licht
ist der himmel wie blau angelaufener stahl
über dem phosphor der bergkette
die in einer ausladenden umarmung
ihre vernarbten hände flach auf den chott legt
im zimmer dann wenn man die glühbirne anknipst
bleibt das schwarz der schaben für einen augenblick
auf dem becken haften und läßt das porzellan
so weiß wie verbandsmull zurück · ich fotografierte
mit dem blitz in das dunkel der medina hinein
die raufenden katzen vor dem tor des fleischers
den haken an den er morgens den schädel
einer frisch geschlachteten kuh hängt
die schilder und traversen für eine stadt
die ich erst nach wochen aus dem fixierbad nehmen
und auf die trockenleine geklammert sehen werde
den brand des magnesiums in die nacht wie ein schlag
auf ein blindes auge · hinter der palmeraïe
wo die bäume den wind aus ihren fächern drehen
wie ventilatoren bewegen sich die sterne langsam
in der kälte und der wächter unten
sitzt reglos auf dem bettrost zwischen den geparkten
automobilen und stochert im feuer · demiurg

maison des troglodytes,
matmata, 30. 12. 92

Die daumendicke kruste des salzes brach in den tümpeln, die der regen hinterlassen hatte, in schollen auf, die nicht mehr zueinander paßten, eine landkarte aus dem präkambrium und die erde ausgewaschen zu gerberlohe.

XIII

neben dem straßendamm über den salzsee
in der brackigen lauge wurde aus der richtung
die man in den sand zieht zenos pfeil · die sonne
brannte auf die armaturen und zwang die fliegen
ans fenster während du nie weit genug weg warst
für die schritte die man aus den augen geht · *alles steht
still denn was sich bewegt muß vor dem ziel erst zur
hälfte gelangen* · nach douz gabelte sich die piste
gegen den abend mehrmals wie ein helles Ψ und
wir gerieten nach süden auf die steine · die angst saß
klamm in den fingern aber was war sie anderes
als nicht an einem ort zu sein · wir hielten
durch das alfagras im kegel der scheinwerfer auf
die berge zu und hinter einem lkw über den paß
im speisesaal später als wir auf das essen warteten
zeichnete ich mit der kante der gabel die route
noch einmal auf das tischtuch das paradoxon
daß sich die bewegung nicht als entfernung
von einem ziel denken läßt die distanz sich davor
halbiert und wieder · es vertrieb die zeit und den rest
auf dem teller ließen wir den göttern
oder dem hund · auf der strohmatte des zimmers
der gestampfte boden rissig wie ein knochen
aber brach dein gesicht langsam
dann in deine hände und du hörtest nicht mehr
auf zu reden und mit mir zu schlafen
und kamst doch nicht an · *im lauf wird auch
der langsame vom schnellsten nicht eingeholt*

hotel les sirènes,
djerba, 31. 12. 92

Die landschaft vom frühstückstablett aus, im metall der kaffeekanne, in dem sie sich spiegelt, und das geräusch des löffels in der tasse, eintönig und doch so laut wie die trillerpfeife des soldaten, der hinter uns herlief, als wir auf dem weg ausstiegen, um zu fotografieren, was militärisches sperrgebiet geworden war. Die landschaft war leer.

XIV

die einsamkeit hat ihre eigenen metaphern wie der blick
einer gähnenden katze sorgfältiger scheint
durch die starre kerbe der pupillen die ungerührt
von ihrem sich strecken an den dingen maß nimmt
bevor er sich noch am gitter festgehakt hat
spannt sie bereits ihre muskeln zum sprung
auf die veranda · einäugig wie diese katze dort
erlauben hotels ihre landschaft
nur von sich aus wie man ein fernrohr
weiter gibt an den nächsten bis zum klick
der münze · von den arkaden vor dem fenster aus
sind sie immer nach westen gerichtet
auf eine unbewegliche sonne in ihrer kardanaufhängung
über dem eingezäunten sektor strand und dem kies
der einfahrt · und das aquarell
über dem bett legt den ausblick ein zweites mal fest
auf ein arkadien der lotosfresser für die kyklopen
in ihren klimatisierten höhlen

hotel les sirènes,
djerba, 2. 1. 93

Und in der leere der landschaft unterirdische wasserläufe und die brunnen die parenthesen des sandes. In dieser klammer die geschichte der musen, die geschichte Eratos, der muse der poesie. Aus ihr entsteht mit der zeit dann das erratum.

XV

das jahr begann zweimal mit dem tusch der kapelle
im abgedrehten licht des restaurants –
und unter dem pferdehuf des mondes weil meine
uhr vorging · wir stahlen
den champagner von den tischen der tanzenden
italiener die schwitzend mit geröteten gesichtern
den kredit ausgaben den sie sich unterm strich noch
zugestanden das erratum das sie zwischen einem glas
und dem nächsten zu ihren gunsten buchten · wir
kosteten sozusagen vor und für das eine mal kamen
die kellner wirklich nicht nach · der koch
ein algerier aus dem süden hatte uns den artesischen
brunnen für die waschungen der männer
im ramadan gezeigt · *parceque c'était un cheval
qui y avait fait jaillir la source du sable
avec son sabot* · das wasser war schwefelig
trübe und dampfte in der nacht wie die nüstern eines
pferdes · an einem ast darüber hielten wir uns
im druck der quelle die gabel der beine zwei mundvoll
köpfe und das fahle lachen mit dem du es
verschüttest · aber jetzt ihm rahmen der tür steht nicht
erato sondern ein mädchen mit einem handtuch
um die brüste der körper ein einziges fragezeichen
und die schulter die in diesem licht glänzt wie eine
finne auf den winzig rauhen rechtecken des leinens

hotel dar zarrouk,
sidi bou saïd, 3. 1. 93

Die erinnerung ist ein anderes erratum, jenes, das die gegenwart korrigiert. Die kindheit aber hält daran fest, an ihren orten und räumen.

XVI

das hilton war für mich als junge der inbegriff des luxus
schon allein weil es eine drehtür hatte und beschläge
aus messing überall · in der bar war ein
türkis eingelegter brunnen und der pianist
hatte ein weißes klavier wie in amerika · ich parkte
das auto vor der auffahrt auf dem rücksitz die geschenke
für deinen mann und das kind und wir gingen
das letzte stück zu fuß · in der lobby war alles gleich
geblieben nur die preise hatten sich angepaßt
obwohl jetzt das abou nawas das erste hotel war
am platz · auf den sofas saßen die waffenschieber
unter den langläufigen flinten an der wand
die lage war ja immerhin strategisch
und auch die herald tribune bekam man immer noch
nur hier · wir wohnten dann unter dem hügel
im diplomatenghetto rue emir abd el-kadr und ich fand
das haus gleich bei der ersten kreuzung · du
bliebst im auto es regnete und irgendein faktotum
klopfte gleich an die scheibe was wir denn wollten · ich
erinnere mich noch an die mandarinenbäume
die fleischigen pflanzen im garten vor dem fragment
einer römischen säule und an die nachbarin
die eine richtige indianerin war und erzählte dir
die geschichten · du machtest ein foto es war vor 24 jahren
und das heimkommen war eine verzweifelte sache
wie man sich mit den fingernägeln in die haut
krallt wenn man auf der toilette des flughafens oder im
zug fickt weil man angst hat vor dem erwischtwerden

hotel des grandes ecoles,
paris, 8. 1. 93

*Und die farben für die einzelnen län-
der auf einem globus, ihr chroma
einer anderen farbenlehre. Nur die
inseln waren namen allein, punkte,
St. Helena, Tristan da Cunha, neben
der kontur der meeresgräben, der
Marianen, in der orthographischen
projektion der meridiane und breitenkreise mit ihren feldern, den feldern
eines brettes, auf die ein kind seine
steine setzt. Auch dieses zitat ist von
Heraklit.*

XVII

neben dem wehr frißt der fluß seine eigene landkarte
in die terra incognita des eises · *hic sunt*
leones ibi dracones · der sarkasmus
der abwesend mit dem finger auf das abteilfenster
gemalten figuren · als ob das ufer
erst am beschlagenen atem friert · rechts unten
sozusagen am rande der welt sind die inseln
vollgekritzelt mit den namen von göttern
lieblingslektüren und irgendwelchen frauen wie ein
kataster von kinderspielen · aber diese kerguelen
sind hier jetzt – ganze archipele
in der maserung des teakholzes
auf dem korridor wie sie damals im muster
der tapete waren – korallenriffe im licht
der nachttischlampe und der einzige anker
die erinnerung an eine kindheit · wie dieses spielzeug
aus blech das man hinter sich her zog
diese mechanischen tiere auf rädern
die leer mit ihren armen in die luft griffen
schlingert der zug in die kurve · der schaffner
unten im gang wirft seine zigarette aus dem fenster
und der ariadnefaden ihrer glut
rollt sich hinter dem letzten waggon
wieder auf · was ist die welt *anderes als die ordnung*
des aufs geratewohl zerronnenen und die schönste noch
ein haufen hausrat aufgestapelt und beliebig

DRITTER TEIL

hermen

casa di rosa,
anacapri, 14. 6. 1992

Was der dichter hier offensichtlich versucht, ist seinen privaten liebschaften eine historische dimension abzugewinnen. Merken wir dabei an, wie erstaunlich seine ortskenntnis und das maß seines astronomischen wissens auch immer sein mögen, daß wir es hier mit einer weiteren rhetorischen figur, der hyperbel, zu tun haben. Er übertreibt; die idylle ist arkadisch und nicht einmal das haus das seine.

XVIII

i

die grüne glasnaht am flaschen
hals kippt fast mit dem wind
rote stühle blaue das trapez
des tisches zwischen boje und
buchrücken und der arm des
golfes trägt die lichter wie ein
ober das tablett deine finger
unter soviel haar steckst sie
hoch und reibst die augen die
vitriolränder an den hand
flächen des weins gelb schwarz
und rot den daumen zwischen
den seiten und an dem rostigen
draht der wäscheleine drehen
sich die klammern schwingen
sich hoch wie zinnsoldaten
bis zu dem punkt von dem
sie sich wieder fallen lassen

ii

schwarzhemd der eine kahlgeschorener
kopf zwei litzen der andere vielleicht
sein bruder im leinenanzug mit naß
gekämmtem haar und ganz links die
badenden in den 30er jahren weder
auf gleicher höhe noch in dem selben
rahmen und darunter die uhr mit den
geschnitzten pferden die sprünge der
terrakotten und die risse der wand sind
eine straße für die ameisen kein besen
nützt da am tisch draußen bleiben die
motten an den rändern der gläser
kleben liegt die brille mit den bügeln
nach oben die zitrone eingetrocknet
am schnitt nichts sonst was den
heutigen tag wissen ließe das wasser
klirrt wie glas taucht man für ein paar
armlängen ein ist eine andere zeit

iii

ein paar tage noch für das volle jahr
das unkraut in den weinstöcken mein
haus ist es nicht noch nicht zu scherben
gebrannt sind die fußstapfen in der
erde das meer hinter dem tisch hat
das verblichene blau ist das abend
kleid deiner mutter das du ein wenig
linkisch trägst aber weit die nähte auf
getrennt von gaeta bis cuma ist der
blick immer nur die schafgarbe hinterm
zaun der feigenbaum flach gegen die
cirren auf der zunge der nacht die man
mit jedem schluck trinkt bis zur zeitung
sehe ich dich vornübergebeugt den
zeigefinger auf der lippe mit zuviel
figuren auf dem brett anton und vale
spielen schach nichts liegt ferner jetzt
und wenn regen und wind das ihre tun .

iv

ist die erinnerung noch überrascht daß
es so heißt hundert lira auf dem tisch
pallas athene vor dem olivenbaum auf
ihren speer gestützt das jahr die zahl
und die ganze italienische republik
was bleibt ist was die anderen erzählen
im mund gewechselte worte während
ich mit dem kleingeld in der tasche spiele

chiaiolella, procida
casa di rosa, anacapri,
21. 6. 91

Wie man merkt, sind die namen austauschbar, besagte liebschaften ebenso, wenn nur der ort derselbe bleibt, dekor für die inszenierung einer sentimentalität, die nur der tonfall erträglich macht.

XIX

i

ganz abends wird das wasser weißer
als die innenseite deines armes eine
naht der wimpern die jeder blick
löst deine augen im oval das dunkel
zur fläche wird das saftige fleisch
geschälter pfirsiche auf dem tisch
eine linie die der sand von den zehen
zur ferse zieht und der fuß ein abdruck
der hand die du immer zu klein hältst
aber inzwischen bin ich freitag
an der palisade der haare und deine
brüste kleiner als meine grobe hand
mit dem finger fährst du dem saum
am schwanz entlang dort wo wir
zusammenwachsen zur zunge die mandel
der sonne die deinen namen in die
nacht lispelt ein wiederholen des
lautes ein erstes ungelenkes mal

ii

solstitium zumindest von hier aus
hat sie die flanke nicht erreicht
über den morgen rollt sie wieder auf
die terrasse und zu den hundstagen
ist sie backbord der barke das
schiff ohne mast die borke tragen
die ameisen ab stück für stück so
kommt der wind nicht auf hast
gelacht als ich's dir gesagt hab'
daß deine musch wenn sich die
beine im kreuz zur lippe schließen
aussieht wie der epomeo die ganze
küstenlinie vom küchenfenster aus
bis monteprocida meine navigation
auf armeslänge aber der abend liest
die untiefen anders ab striemen
auf der bleihaut des aals den du
gerade salzt und darüber beginnt
die flache erde auf augeshöhe

iii

im castello aragonese kaum kontur
mehr setzten die klarissinnen ihre
toten auf mauerbänke fleisch das
langsam zerfiel ins gebet vielleicht
wurde es für sie schließlich zu
jenem bild das die dahinter gehende
sonne seziert: mondbein und kahn
bein danach die wolken welche die
eigen konstellationen in den
schiefer kratzen: *leucothea halia
danaë* soviele namen die mir nicht
von der zunge gehen der wind löscht
sie allein das holz des selben
sterns fällt in die ziegelrote
kerbe der nacht und ein zweites mal

iv

die eselshaut des himmels an den
schabestellen scheint die sonne
durch der fadenscheinige ärmel
des obstpflückers der bei jedem
griff ihm bis an die ellenbogen
rutscht seine frau läßt die knaben
ins haus schläft mit ihnen nur
den jungen eos die dämmerung sagt
er bringt noch einmal lust und
nimmt das fieber mit die kranken
er spricht den seltsam singenden
dialekt wischt sich die hände an
der hose und geht hügelan die
mispeln unterm ast vergaß er viel
leicht konnte er so hoch nicht
langen und die sonne später wird
eine von ihnen sie hat zwei kerne
manchmal drei ich zähle sie immer
um mich zu entscheiden *alphecca
ras algethi maasyn* die bettelschale
mit dem gezackten rand der kopf
des knieenden die handwurzel das
ist es was ich nach hause bringe

hotel central,
innsbruck, 8. 11. 92

hotel quisisana,
florenz, 2. 12. 92

Hotels sind auch jene orte, denen eine gewisse erotik innewohnt, natürlich. Diese bezahlten zimmer für stunden, in denen die spuren einer gegenwart jeden morgen mehr oder weniger sorgfältig getilgt werden, das mobiliar und die wenigen gegenstände, dinge, die nichts bewahren. In diesem übertragenen sinn sind hotels, je älter sie sind, die tempel dieses jahrhunderts; Hermes und Hestia, um Aphrodite und Eros gruppiert.
Die verkörperung der begierde, Eros' sohn Pothos, dagegen mit dem pathos dieser zeilen zu verwechseln, verrät nur ein weiteres abgleiten des gedichts in das anekdotische.

XX

i

nur das heisere stöhnen der tauben
auf dem sims weder die lerche noch
die nachtigall das rucken des auf
zugs und das klappern der teller von
der küche unten in dem überheizten
hotelzimmer wo uns das mädchen
überraschte als wir bereits nicht mehr
wußten wie außer durch das weiß der
haut und deine beine die sich starr
gegen den schlaf schlossen wie die
schere eines schwimmers der sich ab
stößt mit geröteten augen für das
bißchen lust das in eine hand geht
allem zum trotz das wechselgeld das
einem keiner mehr einlöst nicht für
diese von den lippen gelesene
geschichte noch für uns war an
diesem sonntag morgen auf der fahrt
zurück an das seitenfenster gelehnt
ein amerikanischer prediger im radio
ein fesselballon über der autobahn
und alle blicke nach oben gerichtet

ii

roma – monaco bahnsteig 5 das gitter
des gepäckwagens am anderen gleis
nach livorno der ins rollen kommt die
masten der elektrischen leitung die
plakate an den marmorsäulen acces
soires für den laufsteg und die weißen
zähne bin ja im gleichmaß des auges
streich es dir wieder aus dem gesicht
das sich im messing spiegelt im teak
holz des korridors bei kilometer zwei
der aquädukt im ersten schnee grat
wie ihn die zunge spürt bin ich nicht
von greenwich ausgegangen habe
ich nicht standgehalten als wärst du
das und das eine mal die blöße die der
morgen tauscht und die nacht täuscht
*dammi quello che vuoi io quel che
posso: l'usura dei nostri corpi e i
corvi* die dohlen draußen auf dem feld
jetzt die nacht wie eine flagge der torso
des körpers das blut und der bauch

VIERTER TEIL

winckelmanns tod

albergo imperia,
neapel, 5.11.90

Es war das erste mal, daß ich in Neapel ankam, von Triest her, das wasser rann braun aus der dusche, und das zimmer, das ich zuerst hatte, lag ein stockwerk tiefer, ein fensterloser schlauch, und neben der tür die durchgestrichenen tage eines bettgängers. Im spiegel das gesicht, keine einzige linie und nichts, was zu entziffern gewesen wäre. So war es auch noch zwei jahre später im winter, als wir morgens um fünf aufstanden, um in den quartieri *zu drehen, in der einen stunde, wo die stadt gerade noch leer genug war, um jede andere sein zu können. Für den film aber brauchten wir eine figur, und da ich noch immer nicht Winckelmanns gesicht hatte, blieb christine nichts anderes, als der mantel, die schuhe und mein kopf von hinten, über die schulter einmal, während alain mich für die kamera die stufen eins ums andere mal hinaufsteigen ließ, in der grammatik der photographie. Aber es blieb Winckelmanns diktion, nicht die meine: stellen aus einem brief zehn jahre vorher, De Rossettis bericht und in der fußnote Goethes zynismus, der so bezeichnend für das ist, was man in deutschland kunst nennt:* Der frühzeitige tod Winckelmanns schärfte die aufmerksamkeit auf den wert seines lebens, ja vielleicht wäre die wirkung seiner tätigkeit nicht so groß geworden, als sie jetzt werden mußte, da er auch noch durch ein seltsames und widerwärtiges ende vom schicksal *ausgezeichnet* worden.

Dichtung und Wahrheit, II, VIII

Winckelmann an Bünau
Neapel 26. april 1758

Auf halbem wege hierher bei Maddaloni ▢ kam ich an einem aquädukt vorbei ▢ man hielt um mir die arbeiten an dem aquädukt zu zeigen ▢ Vielleicht war es auch die mühsal der reise - aber bei seinem anblick erfassete mich schwindel ▢ Es war mir als wolle man den himmel mit ihm stützen ▢ und seine aufragenden karyatiden ▢ die den himmel in segmente schnitten ▢ schienen gleichsam über meinem haupte abzukippen

Mein signalment gibt an: Franz Arcangeli ▢ 38 jahre ▢ mittlere größe ▢ pockennarbiges gesicht ▢ schwarze haare ▢ grauliche augen ▢ niedere stirn ▢ ohne geld und gepäck aber gekleidet wie ein herr ▢ am 1. juni 1768 in Triest im städtischen gasthause abgestiegen ▢ Und für das protokoll füge ich noch hinzu: katholisch und verheiratet ▢ Ich nahm das zimmer nr. 9 ▢ es hat aussicht auf den hafen ▢ und eine verbindungstür zum nebenzimmer nr.10 ▢ Der Winckelmann zog dort 2 tage später ein

Es ist so stille hier ▢ so still wie eine stadt unter den wassern ▢ des morgens bin ich wie betäubt ▢ und von meinem bett aus höre ich das rauschen des meeres ▢ wie die wellen ans ufer schlagen – und auch die schritte ▢ meines nachbaren ▢ die mir in den schlaf noch folgen ▢ Er geht wie aus der hüfte heraus ▢ wo der körper den stoß der erde empfängt ▢ er geht wie die griechischen knaben gehen ▢ als schreite es aus ihm ▢ als würde er den boden erst unter seinen füßen schaffen ▢ Wird es stille nebenan ▢ bleibe ich mit meinem ohr noch an der wand

Als ob meine augen keine farbe annehmen möchten ▢ sehe ich nur den schlag von licht und schatten ▢ Denn das licht ist hier zu hell ▢ und verbrennet fast die augen ▢ doch wechselt man die straßenseite frieret einen gar ▢ Und ich höre seine schritte immer ▢ mir ist als ginge ich im kreis ▢ Ich versuche mich an an das gerade einer linie zu halten ▢ aber alles an dieser stadt hier ist grotesk – ihre tempel sind ein pandämonium und ihre säulen ▢ wie die stämmigen glieder der satyre

Daß die stadt am wasser liegt ▢ ist an nichts zu erkennen ▢ sosehr wendet sie sich ab ▢ und kehrt sich nur um sich ▢ In dieser verwahrlosung scheint es fast ▢ als ob nur die dinge ihr gedächtnis wahrten ▢ versteckt und nur für ein auge das bereits weiß ▢ Und so gehe ich früh noch vor all dem geschrei ▢ daß den leuten hier leben zu bedeuten scheint ▢ durch die gassen und falle dabei unwillkürlich ▢ in einen gehetzten schritt wie um mich selbst zu überzeugen ▢ daß ich auch alleine sei – und wieder nicht

Ich habe Winckelmann sagen gehört ▢ daß er ein schiff suche welches segelfertig sei ▢ und ihm gesagt daß ich eins wisse ▢ Und ich hab es ihm nach aufgehobner tafel vom fenster aus gezeigt ▢ weil's vor dem wirtshaus im hafen liegt ▢ Erst dann bat er mich vor allen leuten ▢ ihn nach dem hafen zu begleiten

Er sieht mich mit seinen starren augen an ▢ als würd er mich nicht kennen ▢ und mir von den lippen lesen - und einmal hat er mich ▢ wenn auch zum schlechten spaß ▢ seinen erzengel genannt

Ich treffe ihn fast täglich ▢ morgens zum spaziergang ▢ dann zum frühstück im café ▢ wo wir ganze nachmittage verbringen ▢ Er nimmt auch keinen anstand mehr gegen mich ▢ und gibt sich ganz arglos und treuherzig ▢ vor allen leuten ▢ Das abendbrot nimmt er in meinem zim-

mer ein □ bezahlt es für mich mit und mehr □ und bleibt bis in die nacht □ Aber es ist als ob er mir etwas vorenthält □ Er erzählt mir nur von dingen und personen □ von denen ich nichts verstehe □ er will sich nicht zu erkennen geben □ als wär er ein freimaurer oder lutheraner

Um mich von dem museum fern zu halten □ hat man dem könig eingeredet □ daß ich mehr ein maler als ein gelehrter bin □ Der könig hat daher den befehl gegeben □ acht zu haben daß ich nichts abzeichnete □ Unterdessen habe ich keinen schritt tun können □ ohne einen aufseher neben mir zu haben □ aber demselben mache ich mühe genug □ Ich stehe itzo im begriff nach Rom zurückzukehren □ wo man stille und wie ein jeder leben will □ leben kann □ Hier liefere ich mich aus an eine passion □ die mir ganz unwürdig ist □ ich bin wie betäubt □ durch die große wut von menschen in Neapel □ und durch das unglaubliche geräusch □ einer so volkreichen stadt von bösen menschen

All die klarheit und reinheit der form □ ihre schweigende größe an der ich mein leben lang festzuhalten suchte □ reißt mir hier nur ihre fratzen □ menschen und leidenschaften sind es □ die wie wasserspeier und grylli □ von der nur durch strenge aufrechterhaltenen fassade □ meines lebens geifern

Schließlich um die zeit ihm zu verkürzen □ habe ich mich erbötig gemacht □ ihm den satyr zu zeigen □ den man eifersüchtig hütet □ Als wär's aussatz □ ist's verboten sich ihm zu nahen □ und all jene die sich brüsten ihn gesehen zu haben □ sind nur schamlose lügner - ich aber wüßte wie

Es war mehr als nur der trotz des fleisches □ die unzucht die unter allen euphemismen steckt □ Wenn er trank □ war er schön auf seine art □ von jener schönheit die angst und abscheu nur erhöht □ weil sie im grunde nur der spiegel ist □ Ewige jugend scheint dann seinen körper zu kleiden □ keine anstrengung der kräfte und keine regung □ spürt man in seinen schenkeln □ und seine knie sind wie an einem geschöpf □ dessen fuß niemals eine feste materie betreten □ Und sein geschlecht bleibt dabei kalt und glatt

Es war dann ◻ als er auch ein messer zu kaufen wünschte ◻ und ich es für ihn am markte ◻ sehr vorteilhaft erstand

Es ist dieses dunkle ◻ das sich unbedacht fast anzubieten scheint ◻ das mich wider mein innerstes verlangen ◻ anzieht und unverwandt ansieht

Das schiff auf das er hoffte ◻ war mit seiner ladung noch nicht fertiggeworden ◻ und so blieb noch ein wenig muße und zeit ◻ Das war am 7. juni abends
Für neun groschen ◻ hatte ich ein spannenlanges messer mit scheide eingehandelt ◻ und ich ging ◻ um es ihm ins caféhaus zu bringen
Winckelmanns ungeduld war an diesem tag schon so hoch gestiegen ◻ daß er schon daran dachte ◻ lieber zu lande nach Rom weiterzufahren ◻ Ich versuchte ihn zu beschwichtigen ◻ aber er wollte auf nichts hören ◻ Das messer ihm zu geben ◻ vergaß ich dabei aber
So ging ich denn im hafen herum um ein fahrzeug anzumieten und unterhandelte wegen der überfahrt ◻ mit zwei jungen matrosen die 18 lire forderten ◻ wurde aber mit ihnen nicht einig ◻ weil ich soviel geld dafür nicht ausgeben wollte
Als ich dann nach hause kam ließ ich Winckelmann ◻ drei schalen kaffee aufs zimmer bringen ◻ Er aber nahm es nicht an ◻ und sagte er habe nichts bestellt

Jeder blick stellt sich fast unwillkürlich auf das schöne ein ◻ wie immer geartet es auch sein mag ◻ fast so als müsse man sich immer vor kulissen sehen ◻ oder: damit man nicht im vordergrund zu stehen braucht ◻ Und doch ist die schönheit nichts ohne uns ◻ Es kommt dabei nicht von ungefähr ◻ daß die griechen ihre götter im weiß ◻ des steines haben stehen lassen ◻ Ihre größe bedarf keiner schminke ◻ und was anderes ist die farbe? ◻ Aber mich zieht es immer mehr zu diesem anderen stummen hin ◻ ich suche es ◻ als könnte es lebendig werden

Am 8. juni morgens war ich wieder am hafen ◻ fand aber auch jetzt kein schiff für mich ◻ um dieses geld ◻ Zurück in meinem zimmer ◻

scherzte ich mit der stubenmagd: jungfer ▢ schenken sie mir 20 dukaten! ▢ Nun erst ging ich zu Winckelmann
Er war zur abreise bereit ▢ und in seiner freude versprach er mir ▢ wenn ich nach Rom käme würde er mir alles dort zeigen ▢ und mir überhaupt beweisen ▢ wer eigentlich und wie geschätzt er sei
Er hatte die oberkleider die halsbinde und die perücke abgelegt ▢ saß am schreibtische ▢ der am fenster gegen die meerseite stand ▢ und hatte eben etwas abgeschrieben ▢ Und da nahm ich das messer

Dort war es ▢ daß ich meine geschichte fand ▢ Athene die sich eine flöte schnitzte ▢ und auf ihr vor den göttern spielte ▢ Die götter aber lachten nur ▢ und sie wußte nicht warum ▢ und lief zum nächsten wasser und sah es: die backen gebläht ▢ der prustende mund ▢ wie eines mannes rute zwischen ihren lippen ▢ Sie warf die flöte fort und sandte einen fluch ihr nach
Es war Marsyas ▢ der satyr ▢ der sie fand und auf ihr blies ▢ und von ihr verführt ▢ Apollo mit seiner leier zum wettstreit forderte ▢ und verlor ▢ Die strafe blieb dem überlegnen überlassen ▢ Und Apollo zog ihm bei lebendigem leibe ▢ den balg vom fleische ab ▢ und nagelte ihn ▢ bei der quelle seines flusses ▢ an einen baum
In diesem augenblicke aber ▢ waren sie sich beide gleich ▢ der sterbende Marsyas ▢ in der angst und seinem blut ▢ und der tötende Apollo

FÜNFTER TEIL

de finibus terrae

hotel haethey,
otranto, 9. 7. 93

Man könnte vom bauplan eines gedichtes sprechen, seiner architektur und statik, seinen säulen und bögen, die es erlauben, die wände für die paneele der bilder zu durchbrechen. Der aufriß seines raumes reduziert sich auf die farbe seiner bilder, bis die worte wie hinter glas stehen. Das mosaik in der kirche von Otranto, das mit seinem lebensbaum das mittelalter darstellen will, ist ein ähnliches konstrukt wie der gotische roman des 18. jahrhunderts oder die repubblica *in der ausgabe vom 9. 7. 93.*

XXI

bis zum abbruch von santa maria di léuca
            wo es sich mit dem schulterblatt
     aus dem wasser stemmt
hat das sandpapier des lichts
     das land langsam flach geschliffen
finis terrae exordium invocat
                    auf dem weg
nach otranto brennen die kornfelder
               nieder
     bis zu den furchen
                  die mit der harke
    durch das schwarz gezogen sind
    und der rauch hängt
wie der akzent auf der ersten silbe
                  über der autobahn
     reglos wie die pferde
die vor der sonne in die knie gehen
    daneben die leeren quader der stockwerke
      das rostige skelett der streben
    ausgeschobene trassen
             und brückensegmente
vereinzelt wie ein T
     über der zeile der straße
    die keiner je vorhatte fertig zu bauen
        konstruktionen die so monumental
und bizarr bleiben
        wie piranesis *carceri*
stahlstiche für einen gotischen süden
                 so sublim
wie ihn das 18. jahrhundert haben wollte
quell'orror bello
      che attristando piace
  dell'illuminismo

             wie man ihn aus dem wörterbuch
          der fremden und herren kannte
       das licht war hier immer schon
                              steiler
          und garb einem die haut und den buckel
                     dunkel
                aber in ihrer hartnäckigkeit
             waren sie der geschichte ebenbürtig
                  die noch jeder prophezeiung
                einen sinn gab
       the real owner has grown too large
                              to inhabit it
          and castle and lordship passes
              from the present family
                   horace walpole's
                überdimensionierter gigant reckt
                   seine gepanzerte faust
       wie es in jeder sprache der revolution wohl heißt
                in jedem zimmer
              auf jedem der 34 kanäle:
       P2 statt den rosenkreuzern und sacra corona
              a hundred gentlemen
                  bearing his enormous sword
       gladio oder die kommunistische partei
                und die kirche
              die beide seiten schon immer verriet
       und wie der dramaturgische inzest
                              im *castle of otranto*
            endet auch dieser daktylus
                   in einer ehe zweiter wahl
                der ewigen mesalliance des südens
                   voller unschuldiger conrads und manfred
                     dem pentito
       das sind die schlagzeilen
              der *repubblica* von heute:
                  cultura & tangenti – arresti eccelenti

dafür nimmt nun auch die rethorik der journaille
    reim und metrum an
ich esse die pizza am laufmeter
       vom plastiktablett
das video läuft in voller lautstärke
    die siebzehnjährigen probieren ihre brüste aus
      und die frauen mit ihren kinderwägen
         die plateausohlen der 60er
während die männer drüben bei der schießbude
       tiro sport
    sich mit apotropäischer geste
      am sack kratzen und so fort
ecco la notizia:
  il nostro poeta attilio bertolucci
    sta leggendo per raitre
i 46 canti
  della sua camera da letto
zero l'ascolto
  zero lo share
    la penetrazione i contatti
und nur ich warte auf meine einschiffung
    während der abend quälend langsam
      hinter dem rücken herkommt
  und nach azot
    und jod riecht
nel 1933
  mussolini
 dette appena un' occhiata
    ad un libro dei canti
portato in omaggio dal poeta
  e sentizio ducesamente
      ma è divertente!
la dichiarazione fu presa
  da pound
 come la prova di genio:
  lo aveva capito

der pisaner cantos war es noch nicht
        das war
    als man den dichtern noch wohltat
            irgendwie gewann man sie ja immer
    für eine platonische republik
mein kellner
        noch keine zwölf
    läßt mein drittes glas wein
        großzügig auf seine rechnung gehen
    und meint ebenso beiläufig:
            ma cosa scrive? sei un poeta?
        ma mangi troppo!
und das meer schlägt schlapp
            an die mauer des kais
    die weißen hunde
        holen sich den lungomare zurück
    und die ROANA - LIMASSOL schiebt
        sich durch die vernarbten stämme
    des eukalyptus in den hafen
    ein umgebauter frachter mit den kabinen
            unter dem maschinenraum
nostalgie
    politik und indifferenz
        sind die matrix
    jeder epoche
        deren gemeinsamer faktor
        (*but no*
    with usura hath no man a painted paradise
        on his church wall)
        deren gemeinsamer faktor
    die armenbibel der jahreszeiten ist
der lebensbaum
    des bruders pantaleone
        dessen früchte die grylli
                gargouillen und kentauren sind
    und darin das schachbrett

der ständedidaxe
　　der *ludus troianus* des palamedes
　　der auch die gewichte münzen und maße erfand
l'insegna al cristiano come deve correre
　　per le vie del mondo
　　scacchiere dell' essere
ein ikon
　　dessen enigma in seiner naivität liegt
　　　und in der sarkastischen replik seiner signatur
die fensterrahmen
　　der byzantinischen kathedrale neben dem schloß
　　　glänzen im abend
　reinstes gold
　　　mit der spachtel aufgetragen
EXIONAH DONIS PER DEXTERAM PANTALEONIS
HOC OPUS INSIGNE EST SUPERANS IMPENDIA DIGNE
　　des erzbischofs gionatas mittel zu gunsten pantaleones
　　　ist dieses werk seiner kosten mehr als wert

le canoubié,
île des embiez, 31. 12. 93

Das in den sand gezeichnete troianische spiel, das schach, mit der verdoppelung auf jedem seiner felder, das gedicht mit seinen exponenten. Auf der einen seite Palamedes, der neben diesem brettspiel auch den würfel, die maße und gewichte, die feuersignale und die buchstaben erfand. Auf der anderen seite Aiakos, auf seiner von der pest verwüsteten insel, wo Zeus ihm die ameisen zur gesellschaft schuf und ihm die nereide Psamathe, den sand, zur geliebten gab. Seiner entdeckung des silbererzes sind die währung und die münzprägung zu verdanken; die usura des gedichts.

XXII

and through the dim and the din
          I can hear language coming
    clinking like the masts of boats
      down at the pier –
unten im hafen wo die jachten
    an ihren kabeln zerren
        schwojen und krängen
wir aber waren wenn dann nur für
    das fieren und geien zu gebrauchen
      wenn der wind schral
oder es ein segeln vor dem wind war
      und das meer weiß wie milch
    es lief unter dem kiel durch
phosphoriszierend wie an jenem abend
    als wir vom beiboot aus
weihnachtsbäume ins wasser pißten
    das war irgendwo vor islay
und die vokabeln einer anderen sprache zu lernen
    ging dem einen mal der handgriff voraus
denn was man ein auge nannte
    war der in den tampen geschlungene stek
mit dem man den poller an der mole belegte
an keinem der 900 liegeplätze einer anderen
        s.a.
      paul ricard
  au capital de 162 198 500 F
der ricard auf den etiketten des anis
  ersatz für einen absinth
und wie er einmal langsam ins glas tropfte
bis sich das wasser mit dem löffel
    in ein samtenes grün drehte
  grün wie die algen an den ankerketten
    wo sich das angespülte plastik

im hafenbecken staut
und der kran am horizont
die ferienwohnungen in eastmancolor errichtet
und wie ein kranich aus draht
sich mit der gischt um den wind schlägt
während im souvenirladen drüben das mädchen
die patiencen der toten saison legt
und die plätze so leer sind
wie ein *billet de passage*
geklittert auf einen de chirico
in dem die schlagschatten der gnomone
die geographische breite des westens anzeigen
vom hafen bis zum hotel
eine lange allee von säulen aus stuck
und statuen von nereiden
glauke meergrün
galene die stille gebietend
galateia die weiße gischt
psamathe den sand
aktaie die küsten
mit ihren viel zu tief gesetzten brüsten
die schenkel aber anatomisch genau
und voller flugrost
von den stahlrümpfen der schiffe
und zwischen diesen stelen
poseidon
mit dem löwen zu füßen
und seinem 20th century fox lächeln
wie *p. r.* auf den portraits in der empfangshalle
gemalt für eine zweistärkenbrille
stilleben deren lebensstil
die dicke der aufgetragenen farbe verrät
malerei die naiv nur im motiv ist
den landschaften blumentöpfen und dem wind
der unablässig draußen
mit dem monotonen geräusch einer klimaanlage

ast um ast von der aufgebauten kulisse
einer cinecittà schlägt
dem objektiven korrelat für ein gefühlsleben
des zwanzigsten jahrhunderts
mit seinem bric-à-brac
aus den vorhergehenden neunzehn
le reveillon du nouvel an
und das millenium
von port grimaud und la grande motte
vor unserem tisch auf der tanzfläche
drehen sich die paare
zu den klängen des akkordeons im kreis
lametta und konfetti
unter denen sich das eigene fleisch schwer müht
bis das jahr nicht mehr länger möglich ist
und auch das ficken nicht in den schlaf hilft
die knochen an denen der arsch
sich wund reibt
und die zähne die lippen weiß beißen
nesaia neso aiakos
das neonlicht des hotelschildes
dessen stäbe in ihrer verankerung zittern
und risse über die zimmerdecke ziehen
ein geflecht von adern unter der haut
das sich mit jeder bewegung des muskels verspleißt
ein schriftzug
der über die initiale nicht hinauskommt

the southernmost house,
cape clear, 11. 7. 94

Jedes land war für die griechen zuerst nur küste und insel. Für jede ihrer eigentümlichkeiten, für den glanz, die farbe, die stille und die bewegtheit des meeres hatten sie einen namen, welcher jener einer nereide war. So kommt ein gedicht seiner sprache nicht aus; in ihm spricht immer die maske, die persona *in ihrem etymologischen sinn.*

XXIII

wie ein militär-camp
                auf dem vom bagger
    ins meer geschobenen gelände
         die schwarzen planen
über dem wellblech
     und die ausgehobene kanalisation
latrinen einer legion
         die hier ihren limes erreicht hat
            in den zelten
     soldaten übereinander geschichtet
wie schaufeln von sand
             für einen wall einen damm
alle fünf jahre 'ne welle sagt er
     die d'rüber weg wäscht wenn
     die amplitude von dünung und strömung
    sich an'er meerenge addiert
und mit seinem beeper zieht er
         einen arbeiter ab von der mauer
die sie für eine halle verschalen
   und dort die stromkabel
          an den strand legen
die windgeneratoren bringen nur 30 %
   rest macht der diesel
in den zelten
     soldaten übereinander geschichtet
wie schollen von erde
   der rictus seitwärts gedrehter gesichter
      und die vertrockneten augen
   die länger noch als die see starren
der leuchtturm 'ort draußen
  zeigefinger auf 'em fels seiner faust
  hatten ihn schon halb hoch
       als drei tonnen stein

ihn auf die hälfte zurück brach
granit stahl 'nd alles
und hieb mit flacher hand gegen den zaun
und eine welle
gut zwanzig meter
kriegten auch eine mundvoll wind
und in 'en zwanzigern
als cardogan's schiff explodierte
als wär 's von 'em topedo getroffen
zwischen mizen und galley head
maelstrom 'n strudel ein geysir
weiß ich
splitter und splinter
brocken von fleisch und finger
die sie überall dann auf 'er insel fanden
amplituden von gezeiten und sog
die widersee
es riecht nach faulendem tang und kot
und die männer staksen in stiefeln
zwischen den becken durch
in die sie das meer pumpen
wo das rohr es wieder zurück preßt
halten sich möwen und muscheln
um den schwall der mündung fest
turbard teo.
mit einem fangnetz stochert er
am grund wo der steinbutt
in der tarnfarbe des wassers treibt
wie der teller einer mine
im toten waschen der see an den strand
der fisch krampft sich
im schlag von rand zu rand
in sein rund
sind kaum 'nen daumen lang
wenn wir sie kriegen
tausend die in ein' behälter gehen

> *bis sie unter 'n wasserspiegel sinken*
> *wie 'er mond*
> *wenn er im nebel über 'ie klippen*
> *in den schützengraben der brandung rollt*
> *stück folklore*
> *gaeltacht*

wir waren die ersten hier
> *co-op und öffentliche mittel*
> *exportieren sie*
> *bis 'm kontinent*

mit den fingern hakt er einen an den kiemen auf
    durchtrennt mit einem stichel die ader
und wirft ihn die gefrierbox
        halb voll wasser
  wo mit jedem flossenschlag
        das blut aus den kiemen schießt
und der butt weiter ins blinde schwimmt
    bis er an sich selbst ertrinkt

> *gut zwanzig minuten*
>   *daß er ausblutet*
>   *'s ist nur damit's fleisch weiß wird*
> *kauft ihn sonst keiner*
> *kilo 6.50*
>   *ausgenommen*

und auf dem plastiktisch
    schlägt der fisch sich seine eigene zeit
  und zuckt weiter noch
wenn das messer sich in die weiche scheibe
    des bauches schneidet
  wie der zeiger in ein verbogenes zifferblatt
    mit den schwarzen zahlen des blutes
und das fleisch quillt
      aus dem klebrigen grau der haut
  wie gedärm
    aus den uniformjacken eines bataillons
das in eine stacheldrahtsperre lief

*bah! I have sung women in three cities,
but it is all the same;
and I will sing of the sun.*

SECHSTER TEIL

kyklos zodiakos

spiti georgios,
krieza, 17. 7. 93

*Das vollkommene kunstwerk, das
mal - wie ein zeitungsausriß, auf leinen appliziert, der langsam vergilbt
und schließlich eine leere zurückläßt,
die das bild erst vollendet, indem es
die zeit einbindet. Aber die idee des
pittoresken ist dieselbe.*

XXIV

wenn ich die glut der holzkohlen ablösche sagt er
singen sie als ob ich essig über einer kolonie von schnecken
ausgieße · mit einem maler zu arbeiten –
was können sie denn schon? die terrasse ist voller flecken
die das leinöl auf den steinen hinterläßt und ephemer
bleiben die zumindest nicht · man könnte es noch ausweiten
dieses bild mit einem komparativ auf -*er*
ein *und* für eine metapher unterschlagen und sie auf ein simile
übertragen · so wandelt sich die welt im handumdrehen
ab ihre deklination als mißweisung und abstand
von einem äquator auf dem sich wort und stille gegenüberstehen
und vergleichen · er hat sich am rost verbrannt
und leckt sich mit der zunge die rote schwiele
von der hand · von diesem tisch aus so spät abends *ist die erde
blau wie eine orange* deren saft einem übers kinn rinnt
aber dann – was hab ich schon gesagt? der blick verliert
sein gesicht mit jedem buchstaben und das bild beginnt
mit den lettern der pinselstriche der farbe wenn er nur aquarelliert
und das papier sie aufsaugt nicht aber den rorschach der tinte
ihre schwarzen schlieren am rand eine koloquinte
oder auf was immer wir uns einigen · eine geschichte des reims
schon lange nicht mehr · und die spur ihres schleims
wird mit dem grau des steins verwittern die notiz einer gebärde
unlesbar und bald unleserlich wie die signatur des feuers

spiti georgios,
krieza, 26.7. 93

Nur zwei arten der darstellung, sfumato und clair-obscur. Und das erstaunen angesichts der ruß- und kohlezeichnungen in den kantabrischen höhlen: wie unkenntlich sie im scheinwerferlicht waren, nicht einmal kontur. Erst als der schatten des fingers die gemalten linien vervollständigte, indem er sie weiterzog, über die risse und unebenheiten hinweg, auf denen sie ausgespart blieben, entstand die gestalt; nur für diesen augenblick erhielt sie ihre umrisse in der geste des zeigens - eine geste des vervollständigens, des fortsetzens mit dem pigment, mit dem sich das zeichen in die leere, dem gestein eintrug. Die signatur selbst war ein finger oder ein abdruck der hand auf einer der glatten stellen des steins.

XXV

die linie des horizonts wie eine schnell herausgetrennte seite
aus dem skizzenblock ist ein paar grad dunkler als das schwarz
an seinem riß · diese kontur ist die erste lektion des lichtes
das ritzen seiner nadel auf der kupferplatte der landschaft
im säurebad der nacht die jede perspektive ausradiert
farbe aber läßt auch der tag keine zu · was dieser weite
ihr relief verleiht wie brüchig auch immer der quarz
des blickes sein mag – für das jeweils andere auge zerbricht es
in der stochastischen fülle der sterne erodiert
in diesem clair-obscur der sicht der man lückenhaft
mit dem daumen am bleistift die distanzen abnimmt
noch platon erkannte darin *die genauesten bilder das fries*
am himmel und die ordnung war nur ein ornament
auf diesem gewölbe das nicht ferner war als die berge dort
und fest · der tierkreis war nicht durch den zirkel bestimmt
die kontur zog man mit bloßer hand und niemand bewies
das lineal · so aber zerfallen die figuren in ihr segment
auf dem gitternetz und zu einem astronomischen ort
die konstellationen in den jahren der entfernung
vom teleskop und nur die sternkarten geben sich alle mühe
filigranen fossilien gestalt zu geben · selbst aries
war nie sehr auffällig – und jetzt hängt er im geäst wie ein *s*
das ausgebleichte skelett einer katze der ein sprung
aus dem baum zu hoch war - ein opfer das man der frühe
darbrachte und dem äquinoktium · die sonne brennt den ruß
aus der dürren innenseite seines fells dem goldenen vlies
und die umrisse der kohlezeichnung einer nacht bleiben diffus
im sfumato der dämmerung noch für ein paar minuten stehen
dann aber ist das licht zu steil es wird zur farbe der schlehen
am hang hinterm haus und nur wenn der regen sie ihnen nimmt
wäscht das wasser reste des rots aus dem gestein – als pigment

hotel vouzas,
delphi, 21. 8. 93

*Die häuser der sonne; der zodiakos war
jenes band, das auf den himmelsäquator
schief stand und in dessen breite sich die
planeten bewegten, in den zwölf zeichen,
welche die sonne durchlief. Diese zeichen
waren die ersten bilder; die willkürlich
verteilten punkte der sterne mit linien zu
verbinden, ihnen gestalt zu geben, züge
und konturen, war die aufgabe der kunst.*

Der tradition nach hat Anaximander von
Milet zur zeit der 58sten olympiade als
erster die schiefe des zodiakos entdeckt,
und damit der wissenschaft tür und tor
geöffnet; und als nächster hat Kleostratos die zeichen des tierkreises bestimmt
und benannt, vom widder und vom
schützen an; das firmament selbst hatte
Atlas lange zuvor schon erklärt.

Plinius, Naturalis Historia, 2, 31

XXVI

nur die toten werfen keinen schatten
und in syene vor aithiopien auch die sonne nicht
wenn sie im wendekreis des krebses steht
diese sonnen zähle ich wie erbsen die in ihren schoten
reifen · soweit mein arm reicht
werden sie an der fingerspitze genauso fett
wie die in meinem garten · und biege ich die kapsel
zu jenem rund zusammen in das sich jede sonne quält
springt eine immer aus der geplatzten naht –
dann ist es mittag
und soviele gibt es davon wie man sonnen pellt
aus der frucht eines einzigen himmels · in meiner achsel
hätten sie miteinander alle platz aber ich weiß – satt
wird man so nicht und nur für eine neue saat
genügt es · ich will keine sonnenfinsternis
für die nächste ernte vorhersagen – aus dem brunnen
in den thales fiel bin ich noch nicht herausgekommen
trotz aller symmetrisch gefaßten prämissen
wird sie weiter mir den hals wund brennen
und wo immer ich sie im rücken habe – an der kimme
des horizonts ist norden überall
und der urgrund aller dinge ist das wasser
auf dem die erde schwimmt wie ein schiff
das sich nach der sonne dreht · pissen
kann ich auch gegen den wind aber dieses badeschaff
wird davon auch nicht voll
obwohl es manchmal übergeht · wissen
aber will ich doch wo süden ist und wieweit die sonne
reicht auch wenn ihr radius sie in unendlich viele
segmente teilt · jeden meiner eigenen sinne
kann ich an einer hand abzählen – ich übertreibe
das liegt am wein – aber ihren fahlen
schatten an der platte meines gnomons zu schneiden

und ihre parabel genau zu konstruieren
ist als wollte man ihr feuer mit diesem schattenstab
aus dem glatten marmor reiben
und hält sie stille zeichne ich ihre flügel
nach — im winter beweist
sie mir so seit meinen halben hundert
jahren ein viertel mond und außen das eisen
seines hufes mir an den andern tagen
auf eine ebene übertragen
aber sehen ihre flügel nicht gerade aus als wäre fliegen
ihre sache — aber da sie ja auch nur erbsen frißt
lassen wir das · das licht kann nicht lügen
und mit seinem stift nagelt
es mir die schwinge eines jahres an der platte fest
die kardinalpunkte der äquinoktien
und der solstitien
wie eine feder aus ihr herausgerissen — mogelt
man ein bißchen was bei meinem werkzeug
auch kein wunder ist kann ich von der längsten nacht
auf die kürzeste schließen · und das genügt
zeus wuchs unterm schnee des berges ida
auf wo die sonne den wald hinab am abend kriecht
und der berg an dem sie erst am morgen nagt
ist dort wo er begraben liegt — im berge giouhtas
in der silhouette seines schlafes · die schattenrisse
meines stabes mit der litze
für die sonne sind die gemüsefelder am fluß dazwischen
mag sein so macht man es den göttern recht
wo abend und wo morgen ist zu wissen
gebe ich ja nicht vor nur daß es neun
tage von der erde unter die welt braucht bis ein stein
in den brunnen des hades fällt
genausoviel wie mir noch zur wintersonnwende fehlen
dann drehe ich meinen schattenzeiger
daß er nach dem norden zwischen den bergen reicht
denn nirgendwohin kann er nie weisen

und die sonne sperre ich in den stall
der nacht — soll ihr doch das vieh gesellschaft
leisten oder die maden
sie befallen bevor es wieder sommer
wird · die namen ihres tierkreises
habe ich ihr allein und als erster zugewiesen
— kleostratos aus tenedos ich hier auf kreta -
mag sie herabsteigen so von ihrem piedestal
mag sie endlich einmal bei ihrer siebzigsten olympiade
um ihre bahn ins stolpern kommen

spiti georgios,
krieza, 12. 7. 93

Hestia war im kosmologischen system der Pythagoräer der unbewegliche mittelpunkt, der nabel und die nabe, um die sich die planeten drehten.
Zeus aber war es, der den zyklus der jahreszeiten eingeführt hatte und auch die ekliptik; die söhne Lykaons, des königs von Arkadien, hatten ihm, der als landarbeiter verkleidet war, das fleisch eines geopferten jungen vorgesetzt, um zu erfahren, ob sie wirklich einen gott vor sich hatten. Vor zorn stürzte Zeus dann jenen tisch um, der die ekliptik war.
Und Erigone war das opfer, um dessentwillen die sonne dann wieder an ihre wendepunkte zurückkam; Erigone, die sich an einem baum erhängte, der die ganz erde durchdrang, und dessen zweige sich unter den sternbildern verloren.

XXVII

zu was nütze die kunst? die konstellationen sind
festgeschrieben für das große jahr der sonne
und zeus war es der die ekliptik umstieß
wie einen tisch im kornfeld wo erigone
das sternbild der jungfrau wie eine ähre in der hand hält
bis die schaukel der sonne zum stillstand kommt · und diese
jedem goldenen schnitt und jedem statistischen maß
widersprechende häufung der sterne ist eine aufgabe immer
für den zufall einen einleuchtenden grund zu finden
eine geschichte ein geozentrisches weltbild
oder das monogramm einer epoche
jeden abend ein name mehr und die milchstraße
ich zeichne es ihr zuerst auf ein blatt papier
und elena die alle masken trägt und nur diese allein
erkennt sie kaum je wieder trotz aller anstrengungen
ihr einen abstand durch den nächsten zu erklären
nicht einmal über den ausgestreckten arm verständigen
wir uns und wie man in ihrem alter gesichter
mit einer handbewegung zeichnet ist die quintessenz
eine andere sieht sie weder den gürtel noch das gehänge
und selbst den großen wagen glaubt sie kaum · was sie
wiedererkennt ist die position eines flugzeugs
zwischen castor und pollux die reflektierenden flügel
einer motte im türlicht oder die lichter unten im dorf · daß sie
dennoch fragt ob das nun wieder einer meiner götters wäre
ist dabei nur ihre ironie auf den ersten blick

spiti georgios,
krieza, 17. 8. 93

Die Äthiopier aber behaupten, ihre götter seien stumpfnasig und schwarz, die Thraker, blauäugig und blond; die menschen nehmen an, die götter seien geboren, sie trügen kleider, hätten stimme und körper - wie sie selbst.

*Xenophanes,
Clemens von Alexandria,
Strom. VII 22,1 und V 109,2*

Die idee des palimpsestes: unter den griechischen sternbildern, diesen darstellungen der gewalt, kommen jene der Babylonier und Ägypter mit ihren alten bildern des todes und der schönheit zum vorschein, so wie der schwertgürtel des Orion zuerst alnilam *war, die perlenkette einer frau in dieser mitte, einer arabischen Hestia, die am himmel stand.*

XXVIII

hätten auch die ochsen und esel hände und könnten malen
wie menschen auch sie gäben den göttern ihre eigene gestalt
nur größer – als ob allein der maßstab und seine gewalt
jenes göttliche wäre dem sie sich nicht gewachsen
fühlen · welche vermessenheit liegt in diesem monumentalen
abklatsch von helden für die der ganze himmel der wettlauf
eines herakles oder gilgamesch um die sonne
ist und ein kosmos ohne seine harmonie von zahlen
nur ein augiasstall · über diesem tierkreis und der präzision
seiner wendepunkte liegt jede hand auf einem schwertknauf
mit der gestisch großartigen wut von angriffskolonnen
auf den schlachtengemälden eines jeden jahrhunderts
welchen die unmerklich sich verlangsamende zeit
erst die gültige patina eines mythos verleiht
erstarrt in ihrem relief hat sie dem skorpion
den stachel zurückgebogen und den orion mitten im schritt
auf seiner flucht belassen während er über seine hunde
stolpert und ihm nur eine leere drohung für den stier bleibt –
und xenophanes' spott · aber die fragmente des zodion
mit seinen zeichnungen nach nummern welche die sonne
noch immer in griechischen lettern schreibt
werden mit jedem mal das der abend sie aufs neue entrollt
von der dämmerung und ihrem messingschaber
weiter abgekratzt bis unter orions schulter beteigeuze
und *yad al-jauza* die hand der frau der mitte
zum vorschein kommt wo sie die araber
sahen und unter dem großen bären *benetnasch* ihre töchter
die nacht für nacht dem norden zu kreuze
kriechen und einem sarg vorangehen den die erde
jeden morgen neu hinabläßt · nein! keinen dieser götter
beweinen sie und keinem goldenen zeitalter zollt
ihr trauerzug tribut – ihr tod ist der billige tod von herden
und horden die sich um die brunnen und die kargen weiden

stritten die ihnen auch den namen gaben
und ihre handvoll götter sind der wind der in den eingeweiden
scharrt mit der schnauze eines hundes
und die mutter aller stämme so begattet · ihre buchstaben
waren für sie jeder riß auf dieser erde
die der letzte regen in die handflächen zerbrach - scherben
an denen man sich blutig las mit der kerbe seines mundes
und die bilder die sie in den granit der nacht schnitten
grob und doch so genau wie der grat der sterne
auf der kalotte eines himmels · ziehe ich jetzt ihre konturen
nach die dreiecke rauten und trapeze einer anderen moderne
die unverbindliche gestalt von linien und koluren
am schnittmusterbogen einer epoche die wie jede schlacht
nur am papier geschlagen wird bleiben nur ein paar diagonalen
wie mit dem fingernagel eingeritzt · mit der präzession
der sterne aber schleppt sich die erde weiter in die nacht
wie vieh vor einen mühlstein eingespannt um korn zu mahlen
mit der taumelnden bewegung rund um diese achsen

spiti georgios,
krieza, 29.7.93

*Frederik de Houtman (1571 - 1627)
wurde bei seiner zweiten expedition mit
der holländischen flotte unter dem
kommando des forschers Cornelis de
Houtmann im jahre 1598 vom sultan
von Atjeh in Nordsumatra gefangengesetzt.
Er nutzte seine zweijährige
gefangenschaft, indem er die malayische
sprache erlernte und astronomische
beobachtungen über die südliche
hemisphäre anstellte. Ihm wird, gemeinsam
mit Keyser, die erfindung folgender
zwölf sternbilder zugesprochen:* affe,
chamäleon, schwertfisch, kranich,
kleine wasserschlange, indianer, fliege,
pfau, phoenix, südliches dreieck, tukan,
fliegender fisch.

*Nicolas Louis de Lacaille (1713 - 1762)
segelte im jahre 1750 nach Südafrika
und errichtete in Kapstadt unterhalb des
Tafelbergs ein kleines observatorium.
Von august 1751 bis juli 1752 beobachtete
er die position von fast 10 000
sternen und legte im jahre 1754 der
französischen königlichen akademie
eine karte des südlichen sternhimmels
vor, die 14 neue, von ihm erfundene
sternbilder erhielt:* luftpumpe, grabstichel,
zirkel, ofen, pendeluhr, tafelberg,
winkelmaß und lineal, oktant,
kompaß, okularnetz, teleskop, bildhauer,
maler.

XXIX

der louisdor der sonne fällt in den schlitz der berge
und die ganze maschinerie der nacht setzt
sich mühsam in bewegung · an der zarge
des fensters in seinem bretterverschlag bestimmt
lacaille die position der sterne im netz
seines okulars · aber der himmel hier ist leer
der flansch in dem sich die südliche hemisphäre
dreht ausgeleiert wie die schraube des refraktors
die er für jeden winkel mit einem kienspan
ans gestänge klemmt · dort beginnt
die achse und sie endet irgendwo beim äquator
oder vielleicht im zeltlager unten am kap · seit zwei
tagen geht kein wind mehr · die nacht
ist eine zu kurze spanne für einen spann
am quadrant und ich wünschte mir es bliebe dunkel
und die sonne in europa – manchmal
oder daß wir wenigstens zu zweit
wären einen gehilfen der die zahlen übertragen
und auch kochen kann · so laß ich mir eier mehl
und wein heraufbringen dafür aber hält sie
mich am tag vom schlafe ab · fast drei wochen regen
und das ist als hätt ich mir einen schenkel
abgebrochen vom zirkel · doch nichts was hellenophil
wäre in diesem himmel oder fast
welchem gott auch immer sei gedankt
sie ist nicht häßlich nur um die hüften etwas fest
und bevor sie zu abend geht sage ich ihr
sie soll die reste auf dem teller dem tukan
vor die türe stellen · ob sie sich etwas dabei denkt
bezweifle ich aber dies getier
ist mir die einzige gesellschaft nachts
der paradiesvogel das chamäleon ein fliegender fisch
und die anderen acht

eingerechnet der fliege ja die fliegen · das ist de houtman
frederik mit den konstellationen über sumatra
im zweiten jahr seiner gefangenschaft sechzehnhundert
und eines der vier bücher in der nische
das malayisch-madegassische diktionär – und
hintangefügt die deklinationen
von fixsternen um den südpol
die man nie zuvor gesehen
ha! ordinär wie die aureolen
seiner zuckerbraunen matrone
er dabei aber ohne einen schuß pulver · einen halben
ist auch nur der schiffsarzt wert
der mich und meine lues kurt · er hat mir auch die pendeluhr
heraufgeschleppt und so steh ich nun bei ihm im wort
einen stern nach ihm zu nennen –
dabei kann er in seiner sinekure
venus nicht von merkur unterscheiden · die lange nacht
des astronomen – so redet er mir nach dem maul
noch dazu im patois · aber diese hier ist nackt
und wenn ich die positionen von gestern
noch einmal überprüfe scheint's als wär sie eine haut
die langsam atmet wie ein embryo in der fruchtblase
so haben sich die millimeterstriche der sterne
wieder verschoben · heute ist es gut – die metastase
des mondes geht erst um 5 uhr morgens auf
winter ist in zwei monaten und das schiff
auf ende juli vorbestimmt · der pol aber bleibt
unsichtbar irgendwo in der großen magellanschen wolke
die sich am tafelberg aufstaut
direkt unter meinem dach das so windschief
und löchrig ist daß ich fast die wale im geleit
nach madagaskar blasen hören kann · im gebälk
hausen zwei ratten und es wird zeit daß ich mein gerät
und ihr latein noch unter diese sterne räume
bevor ich reise
alles was in der baracke steht

wird die jungfrau dieses himmels dann verbrämen
der ofen der nie zog schlegel und meisel
für den schwarzen marmorbruch der nacht
von jedem steinblock meine pausen auf papier
eine arbeitsplatte so gut wie eine staffelei
und neben alle dem was so verdammt exakt
war das gravierwerkzeug und meinen grabstichel
antlia pneumatica · caelum scalptorum · circinus
fornax · horologium pendulum · mons mensa
norma et regula · octans · equuleus pictor · pyxis
reticulum · apparatus sculptoris · telescopium

SIEBTER TEIL

hotels

hotel aegaeon,
kap sounion, 20. 8. 93

*Am kap sah man neben dem tempel des
Poseidon noch die grundrisse eines der
Athene geweihten tempels. Athene
selbst war diese alte amerikanerin mit
dem straff gelifteten gesicht, das aus-
druckslos die augenbrauen gewölbt
hielt. Ihr alter verrieten allein die
hände und beine, nur nicht am gelenk,
wo sich die haut über die knochen
spannte. Eine verkörperung - wie die
musen.*

XXX

das vorgebirge war herabgebrannt bis auf das kap
ausgebrannt bis auf die in der hitze zersplitterten steine
die wie glas klirrten wenn man auf sie trat
bis zum knöchel in der schwarzen asche der kiefern
deren abgestorbene kronen glänzten wie geschmolzenes kupfer
eingebrannt in die zerschlagene augenhöhle den beinernen
schädel attikas auf dem nur die ameisen und käfer
überlebt und ihre panzer bereits mit dem anthrazit der schlacke
getarnt hatten · farbe allein brachte die sich häutende schlange
der touristen mit ihren um den bauch gebundenen hemden
die sich den hügel hinaufwand in die trümmer
der hitze · dort saßen sie jetzt jedes stativ und jeden photoapparat
auf den brand der sonne gerichtet bis in das dämmern
auf der breitwand des abends – und im surren des autofocus
und dem klicken ihrer kameras war es als würde das land
noch einmal abgebrannt · in ihrem rücken blieb der tempel
unscharf und die riefen seiner säulen flimmerten
verschliffen vom salz des windes und kalt · das feuer
hatte ihn verschont ebenso wie der wind das hotel in der bucht
unten das mit dem grün des rasens und der hecken
einen so obszönen anblick bot wie der trichter eines krokus
der mit den winzigen kapitellen seiner blütenstempel
im ewigen frühling eines fehlfarbenphotos im foyer
die ungebrochene tradition eines landes errichten
und zu tragen schien – wie postkarten und plakate
sie eben verheißen · der grund weshalb beides noch stand
waren sie allein und nicht die dürre eines unwegsamen sommers
für den die wassertanks der helikopter nie reichten

hotel vouzas,
delphi, 11. 7. 93

Das ereignis der musen. Sie waren die töchter der erinnerung und ihr name leitet sich von seiner verwandtschaft zum wissen und sinnen ebenso ab, wie er sich auf die inspiration, den wahn und das reden in zungen des orakels zurückführen läßt. Nach Plutarch waren sie die gleich und zugleich seienden, die triade der musen auf ihrem berg Helikon, um ihre quelle Hippokrene, in ihrem hain.
Man verehrte sie erst oben auf ihrem gipfel, bevor man ihnen unten im tal von Askra ein heiligtum baute und sie schließlich mit dem kult Apollos nach Delphi verlegte, zur Kastalischen Quelle. Sie verdrängten dort die statue der Gaia von ihrem platz, der göttin der erde, aus der Hestia hervorgegangen war.

XXXI

das balkongeländer ragt senkrecht in die schlucht
diese staubige kerbe voller oliven bis zur bucht
von itea und jeden blick nach unten quittierte der anus
mit einem zucken · als ich zum essen hinauf zur terrasse
ging war das rechteck der zierleisten im gang
wie ein rahmen um einen spiegel und für zwei augenblicke
überraschte es mich nicht einmal nur das weiß der wand
im korridor zu sehen und nicht die grimasse
meines gesichts – ein trompe l'oeil im raffiniertesten sinn
des wortes · im spiegel dagegen mit seinem gebleckten
lächeln in der schrunde des mundes hinab bis zum kinn
liegt nichts von der aufrechten anmut der kuroi
die distanziert die lust in sich ergehen lassen
wie auch die vasen nur die berührung der schenkel zeigen
nicht das eindringen des geschlechts
von sich abgewandt wie hermes erst und dann janus
unter dem roten balken eines ornaments und schweigend
ebenso entzwei aber teilte die kastalische quelle den efeu
der beiden felswände · im brunnenhaus rechts
rann wasser aus drei löwenköpfen
jetzt aber war es gesperrt und der felsen mit beton
ausgegossen · aus dem baugerüst quoll
eine wolke von wespen und stritt sich um das rinnsal
und den ocker der algenfetzen wollte man daraus schöpfen
und sie stachen auch mir auf den mund einmal
und ein zweites mal auf den handrücken wie zum hohn
gott! was für ein gesicht – und hätte ich davon getrunken
wäre mir der hals wahrscheinlich auch noch geschwollen

the royal star & garter home,
richmond, surrey, 4. 10. 93

Steigt man vom hain gegen zwanzig stadien hinauf, trifft man auf den sogenannten roßbrunnen; den soll der Pegasos hervorgerufen haben, indem er mit einem huf die erde berührte.

Pausanias, IX, 31.3

Aus dem tannenwald tritt man auf einen runden, vollkommen baumleeren platz, der mit steingeröll überdeckt und mit farnkraut bewachsen ist. Der brunnen selbst ist dreieckig, etwa acht fuß tief und mit behauenen steinen ausgemauert. Ein glattes felsstück ragt mitten aus dem wasser hervor, von dem aus ein efeu die eine wand umrankt; mit hülfe eines tannenstammes, dessen zugerichtete äste als leiter dienen, steigt man zu dem klaren, eiskalten wasser hinab. Der brunnen scheint seit uralter zeit keine veränderung noch zerstörung erlitten zu haben. Die hirten, welche auf dieser höhe ihre herden weiden, füllen hier am liebsten ihre schläuche. Noch einige schritte aufwärts und genau genommen auf dem äußersten gipfel des berges liegt von tannen umgeben die offene kapelle des heiligen Elias, die aus einem alten von kleinen polygonen steinen gut zusammengefügten an 12 fuß langen, aber etwas schmäleren gehege oder heiligthume besteht, worin ohne zweifel einst der von Hesiod erwähnte altar des helikonischen Zeus sich befand.

Ulrichs, Reise und Forschungen in Griechenland, II, 97

Von der spitze des berges geht man auf der anderen seite eine gute strecke ganz steil hinab zum krio pigadi. Ein ovaler, grüner platz, aber nicht grün von schönem rasen, sondern von häßlich großen blättern einer gelben blume, dabei steinig und uneben, eröffnet sich, an welchem unten die quelle. Sie ist ohne zweifel antik mit großen, behauenen steinen gefaßt, einen schritt höchstens breit, zwei lang, ohne andere einfassung als gelegte steine; der führer stieg hinab vermittelst der äste eines darin stehenden efeubaumes und schöpfte; kühl und schön ist freilich dieses wasser.

Welcker, Tagebuch einer Griechischen Reise, II, 38

XXXII

[ομου ουσαι]

askra ist rauh im winter elend im sommer und niemals
angenehm und nur bis zu ihren ruinen reichte der schatten
dann war die sonne nur mehr ein kratzer
der auf dem zinkblech des himmels grau oxydierte
vom musenaltar unter der schutthalde des tals
sah man nur mehr ein paar quadersteine im geviert
und splitter eines baumes im theaterrund · den hain hatten
jahrhunderte bis zur flanke gerodet · gelb im gleißenden karst
der hänge aber waren stauden wilden salbeis mit den lohen
seiner rispen geblieben – helikon
zu seinem im geröll bestandenen bergrücken führten
nur ziegensteige und nicht ein weg hinauf · auf der hochebene
wo die krokusse wuchsen lagen leere schneckengehäuse
die vögel hergetragen und aufgestochen hatten · die hippokrene
aber war weiter dem gipfel zu und auf der suche nach der quelle
gingen wir jede doline einzeln ab · immer im selben grell
am grund der senke war die erde aufgerissen als hätte ein tier
nach wurzeln oder wasser geschart und der wind täuschte
kann sein aber einmal hörten wir hufschlag und das schnauben
eines wilden esels oder das rauschen eines flügels im tauben
gestein wie einen in die kehle kommenden vokal –
jetzt jedoch während ich die zeilen zu einer konsonanz
in der erinnerung zusammensetze und die steinfigur der fontäne
im letzten halben licht des nachmittags wie grünspan
glänzt von den ins becken geworfenen münzen ist es ein ritual
das sich nicht zu ende bringen läßt eine reminiszenz
an eine sprache gleich und zu gleich unter einem anderen meridian

the lowlands hotel,
edinburgh, 24. 7. 94

Die dorische krümmung: der wind war warm und süßlich, und das fenster ging vom Firth of Forth bis zum grat der Salisbury craigs und dem Calton-hill, Edinburghs poverty & pride, dem nationalmonument aus beton, das wahrzeichen für ein Athen des nordens: es fertig zu bauen, dafür langte die subskription nicht.
Was den Parthenon betraf, so war Morosini mit seinem deutschen leutnant nicht der einzige, dem die ruine gelegen kam − 1787 brach graf Choiseul-Gouffier die ersten teile aus dem fries, den rest lord Elgin 1801. Morosinis mörser war auf dem musenhügel aufgestellt.

XXXIII

wie für einen historien-film der 30er auf glas kopiert
ist es ein anderer norden den hier die landschaft imitiert
ein für die kamera ins reine gezeichneter hintergrund
der von der prince's street bis zum seitenflügel
des holyrood die farbskalen der ampeln ausblendet
und die autos die hinauf zum hügel fahren und wenden -
ihre scheinwerfer rücken die akropolis über den abgrund
edinburghs hinaus und die schlieren der wolkenbank
sind reflektoren für die vom ruß zerfressenen trommeln
der säulen den pausenzeichen der nacht
die nachbildung des parthenon ist genau · die schmalen
kanneluren verjüngen sich nicht sie bleiben vollkommen
gerade · nur von der seite der fassade verflacht
sich die perspektive: man sieht daß sie sich leicht
neigen und in der mitte über ihre höhe hinausreichen
während die abstände zum rand weiter werden
bis sich die fundamente in den radius der stadt verkürzen
was im dunkeln bleibt ist die berechnung
des blicks und seine optische brechung
welche diese säulen starr über das rund der erde
hinaus hebelt und jenes was an ihrer stelle
übrig blieb als am 26. september 1687 um 7 uhr abends
ein leutnant seinen mörser auf ein pulvermagazin abfeuerte
diese größe die still in sich zusammenfiel und erhaben
erst wurde als morosini sie zur kriegsbeute
erklärte und der athene pferd und wagen vom giebel stürzte
der ragende pfeiler einer festungsflanke
der ins lot fiel weil er nun nichts mehr stützte
und sich aus der senke richtete wie eine freistehende stele

Erste fassungen folgender gedichte wurden abgedruckt:
XVIII, XIX, XX in *akzente 3/94*, VIII, IX, XI, XII, XIII in *rowohlts literaturmagazin 33*,
XIV in der *nzz* , XXV, XXX, XXXI in *literatur und
kritik 289/90*, III, IV, VI, X, XXVII und XXVIII in *affenschaukel 17*.

Der vierte teil, *winckelmanns tod*, besteht aus dem text
zum gleichnamigen film, der 1993 von *transit* und *orf* in auftrag gegeben wurde: alain volut (kamera super 8/ kamera video); christine ljubanovic (fotosequenzen sw, video stills); leonardo di costanzo (kamera video); raoul schrott (tonaufnahme, text, realisation)

RAOUL SCHROTT / ADOLF FROHNER

DIE LEGENDEN VOM TOD

21,5 x 28 cm, Leinen mit Prägung und Schutzumschlag, 136 Seiten, 44 teils farbige Zeichnungen,
Vierzehn Texte (von „Vorzeichen", über „Epitaphe" bis zum „Freitod") zu einem Hauptthema von Kunst und Literatur: pointenreich, ironisch gegenüber dem Aberglauben, in poetischem Ton, der eine Mitte zwischen Melancholie, Fabulierlust, schwarzem Humor und Romantik sucht.

Unter den „Schönsten Büchern Österreichs 1991" (Staatspreis).

CHRISTINE LJUBANOVIC / RAOUL SCHROTT

PALAZZO PASSIONEI

17 x 23 cm, engl. Broschur, 72 Seiten mit 44 zum Teil farbigen Abbildungen,
Schauplatz und Mittelpunkt dieser verwegenen Geschichte ist der Palazzo Passionei in Urbino. Auf zwei verschiedenen Ebenen versuchen die Autoren die Kulisse dieses Renaissancebaues für sich zu nützen. Die Bildkünstlerin Christine Ljubanovic nähert sich dabei dem Charme der verfallenden Architektur mittels Fotoapparat und erstellt Bilder und Bildsequenzen, die den Palazzo im derzeitigen Zustand dokumentieren. Raoul Schrott wiederum bedient sich der Folie eines Groschenromans, der im Abbruchschutt des Palazzos gefunden wurde, und entwickelt daraus, nicht ohne Augenzwinkern, eine Kriminalgeschichte.

HAYMON-VERLAG